古体诗【第一辑】

珞珈詩派

吴根友　王新才　主编

WUHAN UNIVERSITY PRESS
武汉大学出版社

图书在版编目(CIP)数据

珞珈诗派.古体诗.第一辑/吴根友,王新才主编.—武汉:武汉大学出版社,2018.8
ISBN 978-7-307-20188-0

Ⅰ.珞⋯　Ⅱ.①吴⋯　②王⋯　Ⅲ.诗集—中国—当代　Ⅳ.I227

中国版本图书馆 CIP 数据核字(2018)第 099012 号

责任编辑:朱凌云　　责任校对:李孟潇

出版发行:**武汉大学出版社**　(430072　武昌　珞珈山)
　　　　(电子邮件:cbs22@whu.edu.cn 网址:www.wdp.com.cn)
印刷:武汉精一佳印刷有限公司
开本:889×1194　1/32　印张:10　字数:241 千字
版次:2018 年 8 月第 1 版　　2018 年 8 月第 1 次印刷
ISBN 978-7-307-20188-0　　定价:42.00 元

目录
CONTENTS

目录
CONTENTS

目录
CONTENTS

目录
CONTENTS

李国平的诗

李国平（1910—1996年），著名数学家，中国科学院首批学部委员（院士），国家一级教授。曾任武汉大学副校长，数学系主任，中国科学院数学计算技术研究所所长，中国科学院武汉数学物理研究所所长。

西江月

　　学海汪洋无尽，烟波浩渺难穷。高山流水韵琴风，千古胸怀与共。　　破波掣鲸人在，看伊驾驭虬龙。谁深谁浅总难同，一样情深力重。

解连环 · 两汉三国

　　汉家谋略，问良何通贾周陈顾托。甚龙楼凤阁娇娆，有卓莽猖狂，火焚京洛。隆中神猷，吴魏对峙霸图削。楼船烧赤壁，百万军曹，登时零落。　　三分业，何灼灼。况宽严不误心系民瘼。再整顿梁益山河，治冶铁蚕桑，春种秋获。八阵军行，待百姓壶浆迎郭。将星落，兴亡史册，化光照烁。

长相思 · 老伴

　　一招头，再抬头。明月清光照入楼。诗声分外柔。　　用明眸，看明眸，老伴心中兀自忧。伯鸾终未愁。

金人捧露盘 · 夜读

　　理诗骚，更阑后，夜露凉。读书债。有债难偿。囊萤映雪，攻勤经史费参详。持今论古，立言事，字字行行。　　叔牙荐，管仲相，仪狄酒，禹停觞。且休道洗耳陶唐。相如涤器，张衡量震屈原狂。中行士德，鼎新革，荣辱何伤。

高阳台·参加知识界迎春茶话会

腊尽春来，千家雪润，东方破晓清光。爆竹声喧，楼台暖照金阳。新年妙有辉煌计，计辉煌，如饮琼浆。说温情，细细商量。节日称觞。　　锦囊预见传奇祥。况江山如画，四季呈祥。万里帆开，长河两岸农桑。莫嫌老树清臞貌，耐严寒，劲节幽香。但辛勤电烛三更，岂问雌黄。

八归·为湖北省图书馆成立八十周年纪念会作

高情似水，诗心如醉，图楼玉阁潜独。陈编与尽风雷意，还被妙才读破，隐义曾续。铁笔欲描箕志愿，赞巨眼，浪翻书屋。广六艺，方志昭昭，简策赖新竹。　　须信徐公未远，黄童文茂，挂剑延陵心目。一林云树，百窗朝日，尚有山青草绿。看光华千丈，争发春花托乔木。最难得八旬英气，贯彻黉宫，攻勤无止足。

注：徐恕（可行）以箕志堂藏书十万余册赠湖北图书馆，其中多清代禁书，藏书中多有黄季刚眉批。

绮罗香·偕辜旭东萧美津伉俪游朱碑亭

仲夏留红，松险路润，天地何心朝暮。半日清游，攀上玉梯还住。山黛暝，夕照东湖，水波绿，棹归前浦。睛巴巴只望长桥，雷车困绕护堤路。　　朱碑亭上纵目，还见行云缭绕，迷蒙津渡。郁翠林恋，端的不窈媚妩。临北岸，灯火明时，尽市声，恋传经处。记此际门启千家，良霄杂笑语。

金缕曲 · 龙湖咏

　　始到龙珠屋，正黄昏，溪声入耳，窗蝶轻扑。水滑温泉人依旧，犹有眸青鬓绿。暑气减，缠绵一宿。无限幽情君知否？似琼楼，但觉忘荣辱。娉婷影，宜明独。　　龙湖水镜浑如玉。看孺人眉伸意展，女儿装束。却把楼前横云处，泼墨洒成画幅。论秀色，重来可卜。叠嶂层林收眼底，将何人解作文明曲。安石韵，和丝竹。

月下笛 · 甲子中秋听涛酒家赏月

　　万里关河，千春岁月，谊深朋友。中秋聚首，满堂英隽雄叟。商山不见崎岖路，玉魄里，嫦娥在否？听黄楼夜笛，穿云裂石，几多能手。　　当户芳兰旧，但五柳门前，近来三柳。清风富有。可怜才拙诗瘦。多情不恨昆仑远，恨步履迟迟遇久。登临处，撇闲愁，诗味还应胜酒。

萧萐父的诗

萧萐父（1924 — 2008 年），四川井研县人，武汉大学教授，著名中国哲学史家，诗人。曾任中国哲学史学会副会长，湖北省哲学史学会会长。

劫余忆存（选其四首）

甲申乙酉杂诗忆存（七首选二）

二十年来养素襟，灵均芳草伯牙琴。
闲云野鹤添惆怅，独向沧波觅楚吟。

孤山诗梦鹤飞来，湖上寒梅万树开。
落月半襟花一鬓，有人深夜独徘徊。

自题吟稿

诗情慧境两参差，犹记荒江独立时。
海燕孤飞翻有梦，春蚕自缚尚余丝。
堪怜丽思纵横处，难解狂歌叱咤辞。
文藻江山摇落感，飞凉萝月又眠迟。

一九五九年七月随李达同志赴青岛，海上吟（四首选一）

炼就丹心一点痴，灵峰崎路莫迟迟。
海涛不比胸涛阔，天外云帆笔外诗。

火凤凰吟（选其五首）

戊午辛酉杂诗忆存

凤凰烈火讵成灰，复见天心蕴雪梅。
湖海行吟诗未老，律吹寒谷唤春来。

戊午辛酉杂诗忆存

童心诗梦桂桥边，说剑谈玄总惘然。
相呼犹记春郊路，如火情怀听杜鹃。

甲子秋，访太原，敬谒晋祠中傅山先生故居云陶洞，洞颇湫隘，而先生当时笔剑并用，叱咤不息。缅怀风骨，廉顽砺懦。适虞愚老师见示华章，讽诵再三，谨步原韵奉和

劫后山河带泪看，狷情宁忍易簪冠。
壶中剑戟惊巫鬼，笔底龙蛇沥胆肝。
龌龊奴儒须扫荡，汪洋学海任通观。
云陶洞口怀风骨，羞对筌筷唱路难。

纪念熊子真先生诞辰百周年颂诗

剑歌江汉呼民主，怒扫皇权我独尊。
一卷心书昭学脉，千秋慧业蜕师门。
深明体用标新义，笃衍乾坤续国魂。
白首丹心无限意，神州鼎革正氤氲。

庚午之夏李炼、大华、朝波卒业，风雨书声弹指三秋，临歧握别，诗难达意

风雨声声伴读书，吹沙掘井意何如？
三年灵艾绒难捣，一瓣痴葵蕊不枯。
史路坎坷怜卞玉，心期曼育觅玄珠。
愿君深体愚公志，笠锄明朝绘远图。

风雨忆存（选其四首）

峨眉纪游诗（十四首选四）

一

尘外神游地，飘然野鹤心。
风怀期懋赏，林壑渺幽寻。
但觉嚣氛远，不知云路深。
烟空萧寺柏，佳句费沉吟。

三

阁外萧萧雨，风泉澹素心。
松簧疑虎啸，湍石作龙吟。
坐久寒浸袂，灯残夜渐深。
怀虚繁响静，飞梦蹑苍岑。

五

听雨围炉夜，山中四月凄。
雾弄千嶂晓，梦醒一鹃啼。
岑壑阴晴异，烟云变化奇。
飞泉在何处，笑指翠崖西。

十一

空山忘日月，老树自春秋。
晓雨寒吹鬓，流云湿堕楼。
空思齐物论，何处任天游。
翠霭松林道，苍茫独立愁。

湖海微吟（选其十首）

访德杂诗（十六首选四）

二

雄鸡唱晓破霾天，史路崎岖三百年。
唤起莱翁共商酌，东西慧梦几时圆？

十三

宁忍啄肝盗火情，幽灵游荡语尤新。
百年龙种经忧患，何处拈花觅解人。

十五

鱼鸟飞潜梦太奇，几番风雨误佳期。
雪郎痴拜诗神美，不抵姜翁伴燕妮。

癸酉岁抄，与筠相携自花城飞北海，适七十生日，欣然得句

梦堕娑婆一片痴，庄狂屈狷总违时。
碧霄鹤引诗情远，世纪桥头有所思。

七十自省之一

暂纪征程七癸周，童心独慕草玄楼。
寥天鹤唳情宜远，空谷跫音意转幽。
史慧欲承章氏学，诗魂难扫瑟人愁。
迅翁牛喻平生志，喘月冲泥未肯休。

丙子除夕，七三初度

七十三秋弹指过，几番勤奋几蹉跎。
峨峰缥缈诗心远，稷下峥嵘剑气多。
被祓湘西春意动，行吟易北绿洲波。
阴晴圆缺俱无悔，同倚高楼发浩歌。

一九八九年五月，赴京中参加"五四"七十周年纪念学术会，返汉车中吟此

风雨鸡鸣七十年，曙光难破久霾天。
虽经龙战玄黄血，依旧鹃啼板荡篇。
监谤卫巫徒误国，行吟楚客忍投渊。
燃心再写春雷颂，唤起猖狂共着鞭。

一九九九年初，罗浮山道家文化会中，题筼画梅

梅蕊冲寒破雪开，罗浮山下缪斯回。
神州春色东南美，吸取诗情向未来。

庚午（1990）年题白鹿洞书院

濂溪去后紫阳来，通志研几易道开。
七百年间神不死，天心数点雪中梅。

辛巳（2001）秋，新辑校《熊十力全集》出版，喜题

八卷雄文慧命传，无穷悲愿说人天。
神州鼎革艰难甚，唤取猖狂共着鞭。

陶德麟的诗

陶德麟，1931 年生于上海，祖籍武汉，马克思主义哲学家，诗人。曾任武汉大学校长，现为武汉大学人文社会科学资深教授。

赞母鸡

恩施鸡瘟，吾家一母鸡孵卵于室，得免。喜而赞之。

大难身能保，存孤义更隆。
群雏光尔族，毛羽祝先丰。

望月

风碎池中月，散为满地星。
举头天上望，犹是一轮明。

从化泛舟

一九六一年冬随李达同志赴广东从化写作。

南国春来早，山山满翠微。
兰舟随意泛，彩蝶傍人飞。
远树笼轻霭，清流映落晖。
江山多丽藻，诗意出心扉。

"文革"①

赴襄阳农场"劳改"

检点行囊意转迟，最怜阿母鬓如丝。
殷勤欲嘱儿珍重，泪眼相看无一词。

在襄阳广德寺"劳改"

风自萧萧雨自狂，百花零落夜茫茫。
但闻邻犬猖狂吠，翘首何时见曙光？

探亲（二首）

忽蒙恩准探亲人②，收拾衣裳喜泪淋。
荷担近家情更怯，不知骨肉可犹存？

乍见翻疑梦里还，阿娘强笑说平安。
痴儿绕膝牵衣问："春节爹娘可聚餐？"

注：①"文革"中受"李达三家村"冤案株连被打成"黑帮"
历经苦难。
②三年不准回家，老母妻女与我分居三地。一九七二年忽准
探亲数日。

自信

人言歧路易亡羊，我到歧前不自伤。
心境长随天上月，如环如玦总清光。

水调歌头

——一九七八年十一届三中全会闭幕喜赋

一夜欢声动，袅袅上青天。嫦娥拭眼惊问："底事闹纷喧？"
我笑嫦娥贪睡，一觉醒来迟了，错过好机缘。月里方一宿，世上
已千年。　　卿云灿，浓霾散，净尘寰。东方乍白，朝霞冉冉出
天边。　想见桃娇柳宠，一扫园林萧索，人面比花妍。翘首长空
外，好信借风传。

悼余志宏同志（一首）

霜风凄紧暗吞声，斧钺当头背有针。
寒雨蒿棚闻耗日，拥衿咽泪独椎心。

晨曦乍透一天霞，竹帛昭然笑腐鸦。
君在九霄当感慰，春风今已绿天涯。

怀鹤鸣师①（五首选其二）

一

云昏禹域夜沉沉，窃火当年事有因。
鸣鹤浦江声俊逸，屠龙燕市笔峥嵘。
刀丛击铎传真谛，旗下挥戈作老兵。
莫道书生徒论道，逆风起处敢横撄。②

二

南湖聚首开新史，龙血玄黄大地春。
旧雨欣逢碧云寺，秋晴闲步晚枫亭。③
精研正道雄狮吼，敢斥歪风赤子心。
最是难忘东海上，深情蒙念故将军。④

注：①此诗系与萧萐父同志合作写成。原载《武汉大学学报》（哲学社会科学版）1980年第1期。

②李达同志坚决抵制"共产风"及"顶峰论"等错误思潮，竟以身殉。

③1949年5月李达在北平与毛泽东等老友欢聚碧云寺。旋返湘任湖南大学校长，曾主持重建"爱晚亭"及"枫林桥"。

④1959年夏我们随李达同志赴青岛写作。李达同志得知庐山会议消息，认为彭德怀等同志不可能"反党"。

闲步

林疏不碍月，径小正宜花。
倦鸟栖高树，孤云送彩霞。

蝶恋花·珞珈樱花

乍放红樱初满树，飞艳流光，引得人无数。向晚看花人渐去，繁花依旧枝头驻。　　昨夜风狂兼雨注，点点落红，寂寞谁堪顾。莫问飘零曾几度，来年自有花如故。

建国五十周年有感（二首）

山河残破九天寒，苦雨终风百卉殚。
史迹斑斑皆血泪，百年奇耻重如磐。

一扫百年魑魅空，神州意气贯长虹。
新途更有天人策，国运煌煌唱《大风》。

建党八十周年（二首）

国弱民穷百事哀，万家墨面哭沉埋。
红旗一举风雷迅，地火如潮变九垓。

伏虎屠龙八十春，云帆沧海赖南针。
丰功三代悬天日，指点征程万象新。

西山红叶

在北京评审会议期间偕吾金冯平乘缆车观北京西山红叶。

凌云一索过长空，无限秋光酒样浓。
不识深宵人散后，一山枫叶为谁红？

中秋望月思母

小时偏爱月，纳凉不肯眠。
泥娘上天去，取回当果盘。
娘怜儿痴憨，漫应待明年。
明年何迢递，儿鬓亦已斑。
娘忽辞儿去，仿佛践前言。
一去三十载，只今不见还。
莫非云路远，跋涉倍艰难？
清宵独望月，唯有泪阑干！

有感（二首）

幼时曾羡花间蝶，老景偏仪雪里松。

往事如烟踪迹在，泥上能寻印爪鸿。

莫叹人间直道穷，从来直道几曾通？
请君试看长江水，百折千回始到东。

赞柳絮

拂衣不碍眼，偏爱柳绵狂。
不顾春光老，迎风意气昂。

喜见燕子

开窗见燕子，问昔可曾来。
拍翅争相答，呢喃不易猜。
新知与旧遇，相见即朋侪。
我住湖山畔，市远避嚣埃。
宅边多小树，近岁已成排。
供汝筑新舍，料汝当骋怀。
相看两不厌，如雨润青苔。
南飞时尚早，梅花犹未开。

查振科的诗

查振科，1954 年生，安徽怀宁人，文学博士，诗人，书法家。
曾任中国艺术研究院文化艺术出版社总编辑。

拟归江南故园

我将辞凤阙，拟作江南游。
江南多嘉木，催上树梢头。
夏荫逐日长，林间奏清响。
雄鸡追虫豸，顽犬吠深巷。
草尖垂清露，摇曳动心曲。
天边响轻雷，晴光已带雨。
湿我身上衣，清凉添几许。
闲云出山岫，鸠鹕泊烟渚。
蜻蜓绕塘飞，停机在菖蒲。
晚炊新米熟，归燕檐下舞。

咏安庆二十韵

长江向东流，安庆在江北。
从来膏腴地，古时称皖国。
中有大别山，气候两分别。
俊峰名天柱，天下称奇绝。
登临瞰大地，霭霭隐阡陌。
山下禅祖寺，香火未曾歇。
山上多虬松，常挂古时月。
山中有卧龙，鹰鹚任飞越。
骚人留迹处，摩崖皆石刻。
清流出山涧，汩汩似诉说。
孔雀东南飞，绝响袅南岳。
徽班与黄梅，妙音动京阙。
文章桐城派，义理两不缺。

书家邓石如，后学作法帖。
独秀倡新声，思想尤奇倔。
恨水书传奇，京华红粉劫。
慈怀赵朴老，佛我两相悦。
我今归故里，闲品新茶叶。
山川与先贤，令思云天接。

访石牌镇并观看怀腔演出

古镇名石牌，曾经驻县台。
皖河傍镇过，湖汊皆聚财。
田园尽沃土，稻菽季季栽。
自古繁胜地，客商逶迤来。
街衢深宛曲，作坊连成排。
风俗自淳厚，乡事众拾柴。
耕读有传统，歌吟群口开。
戏乡自兹育，娱人亦自娱。
艺人集为班，意气向外域。
声名如鹊起，朝堂路径熟。
今日振新声，怀腔又成局。

丙申夏月归梓途中作

一

南国高天夏正浓，绿翻红舞竞葱茏。

云山何处栖惬客，蜂蝶此番逐雌雄。
缱绻何劳归日晚，佳期却在去时逢。
滔滔碧水怜怜月，点点星河款款风。

二

山川无改旧时容，紫燕还家过岭重。
池塘复续鸳鸯梦，野旷犹追布谷踪。
过客匆匆谁是主？苍鹰猎猎影为从。
新炊稻菽兼牙藿，把盏前庭听水淙。

和庆满兄仲夏雨中作

九池倾倒在人间，遥望雨帘挂昊天。
法海去年惊漫寺，龙王今夜可游原。
檐前羽族犹耽水，山顶沉云恍若烟。
耿耿天河星隐翳，骄阳不见日如年。

答袁涛兄并寄庆满兄

世事茫茫停驻间，苍山寥廓极云天。
清风明月本无价，物喜己悲应诘原。
云燕高飞因避网，幽兰深隐惧熏烟。
草新树老蹉跎过，枝上画眉不问年。

致庆满兄

青春岁月一挥间，转眼竟是乐伦天！
自信豪情存府臆，始知沧海变荒原。
侍亲愿做真孩子，爱子常申上瘾烟。
帙箧翻寻诗赋句，长歌笑傲似当年。

丙申初伏步孙寅兄原韵三首

一

夏日喧腾众鸟稠，蒸蒸溽暑直侵秋。
星光万点垂大地，舰舸千乘锁巨流。
好梦醒时欣窃窃，流年销去恨悠悠。
且把残席收拾去，一番心绪几能留。

二

倏忽人生几聚头，春华漫发已生忧。
蹉跎忍负申鹏志，浩叹何如秉烛游。
借得刘伶三载醉，输为甫圣万年流。
层楼登罢归鸿远，也道天凉好个秋。

三

远远湖山历历收，田田荷盖叶叶舟。
苍苍雨幕层楼暗，耿耿星河子夜忧。
葳蕤茑萝争展蔓，支离豆蔻竞昂头。

怊怅风波无定日，盘桓斗室且淹留。

步韵四首

咏立秋

山光冉冉涧林幽，溪水潺潺任意流。
晚荸墙边颜怯涩，画眉枝上语轻柔。
芭蕉疯长擎华盖，蒲扇闲摇却旧愁。
忽听鸣蝉声抑抑，梢头一叶已呈秋。

和袁涛

时光飞逝惹深幽，空对滔滔碧水流。
赭岭云高天际远，陶塘树矮语声柔。
扬眉阔论无多顾，把盏相邀有闲愁。
心事浩茫连广宇，沉吟搔首记今秋。

咏袁涛

涛哥缜密目光幽，崇善爱真若涧流。
笔底生姿思跌宕，镜头摇曳色温柔。
五湖踽踽休云蹇，一管纤纤似有愁。
天下是非谁管得，鸥帆为侣对清秋。

无题

世事如麻暗且幽，何如挥手付东流。

三生石上书前盟，紫帐枕边话今柔。

意满成谶疑昨梦，夜阑看月有新愁。

田荷镜绽千朵醉，鼓荡心帆却已秋。

和郑炎贵袁涛二兄天柱山纪游

一

孔雀南飞又北游[1]，潜山脚下寨来投。

秋光始至热犹劲，岁月浇陶意竟遒。

姊妹双花开并蒂[2]，鸳鸯一对是共俦。

人生得意方如此，笑看云山紫气浮。

二

云中天柱正迎秋，策马扬鞭过府州。

旧友赋诗呈盛意，老僧作画失王侯。

摩崖铁字隐还显，绕树涧溪去欲留。

正义人间终有报，英风烈烈史当修[3]。

注：①袁涛自合肥返鼓浪屿再返天柱山。

②汪健姐妹同与之游。

③国民党军一三三师曾于潜山与日寇鏖战。

白露日咏怀

兼葭何苍苍，白露未成霜。
天边无雁字，秋雨近似殇。
暮云垂山顶，抑抑若思乡。
风起云未散，雨歇期蟾光。
蟾光穿户牖，最宜洗残觞！

中秋

岁岁中秋盼月圆，桂花树下好结缘。
清辉有似凝霜色，遥夜相思帆正悬。

和友人

灵台无恙静为居，岂碍豪情翕与舒。
醉里挑灯侠可贾，闲来阅卷惑能除。
青春一去八年里，白发宜观四海鱼。
独步天涯常作客，长风浩荡任徐徐。

和郑炎贵兄

秋雨凄凄似幪帷，知时黄叶去犹依。
嫦娥宫殿如冰洁，天柱梵音近至徽。

昔日同窗飘未散，今朝诗赋咏相归。
寄情山水还真我，飞越关山当共辉。

和袁涛

一去云山任迹踪，川连莫道又千重。
敢攀绝岭无忧色，笑涉激流捔戚容。
蓑笠随身衣不湿，管毫舐砚墨偏浓。
蓬莱有路何愁远，挂壁彩虹接我胸。

登谢朓楼

9月30日，予与德祥、超成、袁涛并袁夫人访敬亭山，复登谢朓楼。去今已半月矣。前日（10月13日）袁涛嘱予作诗以记。进就，聊供诸友一哂耳。

谢朓楼上听秋风，忽见太白凌虚空。
口呼小谢无遮拦，醉态千般眼朦胧。
望中又见高飞雁，鸣声直上五云中。
寿夭不关贤与愚，才气纷飞古今同。
钟夫子，德祥君，顾盼相随涛与新。

注：敬亭山下方斋饭，却见宣州紫云蒸。辗转街衢车停罢，眼前楼阁木森森。不见谢公屐痕在，唯有秋叶落纷纷。庭中老叟守扃户，相迓启镝意甚殷。慷慨陈颂谢公事，朗朗如闻古时音。

拾阶共登楼，觅得古人愁。凭栏望不远，今人正优游。庭中多嘉树，荫浓不知秋。豪情归何处，杯酒可忘忧。闻道古渡孤舟尚可系，何不月白风清之夜访九州？

桂枝香　归去辞

　　吾江南老宅，有金桂两株，遥想当是繁花满树，幽香绕宅之时。思归之意骤起而倍添。故作桂枝香一阕记怀。

　　秋清雁逐，正朔管横吹，风紧霜覆。燕地楼台翠碧，庆歌繁祝。危楼雾里知何处，剐匆匆，巨龙车毂。大元遗址，明清故殿，昔时华屋。　　吾归也！江南旧屋。任时阳骄纵，名利相扑。村老田芜，尚有篱边余菊。山前竹友勤相对，刈芜田，犹可黎粟。且斟浊酒，坦胸邈尔，把松涛沐。

秋吟

经秋残菊尚含香，酒尽月阑空对觞。
寂寞愁怀襟袖冷，晓行犹带一肩霜。

和王鹏生

野山随处可宜家，赚得浮生日日暇。
却听俚歌风送耳，原来阿妹索簪花。

题玉立插花

金雀喜登枝，玫瑰总亲诗。
铁杆千年木，傲霜君子知。

红瑞向青苍，马蹄犹带香。
扶疏苔数叶，并力傲秋霜。

岁末和友人兼寄诸友

驰骋新岁握新鞭，时雨时晴又历年。
沧海含珠琼碧下，桑田吐穗绿黄间。
世间件件旧时事，宇宙天天新纪乾。
雨雪兼程身后路，风和日丽在新天。

和陈捷延《乡愁》

春兰秋菊不同时，地远天高两任之。
肝胆只关红与黑，情怀当有剑与诗。
春愁队里红妆密，冬月林中倩影稀。
说尽千年歌哭事，鸣蝉枝上说知知。

和孙寅兄叹霾诗

现在是水都起泡，山头恨不戴胸罩。
说到动情都是泪，被子蒙头只睡觉！

自谑三字诗

人未老，心尚好。三餐饭，少不了。倒头睡，不愿早。写写字，
纂文稿。远旅行，劲腿脚。观日出，看月皎。天下事，懒知晓。

丙申岁末即景

云冻风高四九天，苍然山色远炊烟。
荒原水涸无鸥鹭，野寺钟鸣有逸仙。
袅袅愁怀充膈臆，翩翩孤雁在峦巅。
枯荣应是遵天意，造化何曾时序迁。

新春将至咏梅和古怀斋

冰坚何似有梅坚，雪里开来倍觉鲜。
我借腊梅传春意，诸君酣畅乐天天。

山居

我在群山中，效古做山翁。
虽然值冬季，草木依旧葱。
密雾障层峦，疏云缀碧空。
清晨闻雀起，晚听溪水匆。
冬树犹颜色，肃静待春风。
山雾始消退，晴岚在远嵩。
微风簌簌吹，树杪齐向东。
蓬雀相告诉，觅食无斯螽。
雄鹰在高巅，展翼作俯冲。
山农采药去，低头寻野芎。
林木少伐斫，万物皆盈丰。
野兽相奔突，时见在松丛。
道上少人行，径途俱可通。
乡野无他趣，凡事必亲躬。
清泉柴灶沸，烹茗不费盅。
暮色起村树，犬吠知耳聪。
万籁自此寂，星月耀苍穹。
明日莳园圃，聊以慰初衷。

山游

历陵皋而叩山兮，余引颈而长嚎。
履圹原而诘川兮，谁知吾之心焦。
日耀于东方兮，处岁首而问年。
芒鞋何其敝陋兮，知春华之将灿。
披发复跣足兮，临江水之汹汹。

任鱼鳖之嗤嗤兮，谁能知吾之哀衷。
酌幽泉若饮鸩兮，餐缤纷之落英。
残月何其皎皎兮，惟吾魄之可征。
闻沮溺之狂笑兮，心懔懔而悸惊。
北风纵其啸烈兮，悲草木之偃蹇。
余唾何其泱泱兮，众喙哓哓若不倦。
夜鸮之讪讪兮，群饕餮之窃窃。
倾江海而为雨兮，呼罡风之烈烈。
遁山林而筑庐兮，伯夷犹先之予。
朽椽聊且为巢兮，沿芳径而踟蹰。

玲子的诗

　　玲子，本名宋玲玲。武汉大学出版社编审（已退），湖北作家协会会员。1953年6月出生于河南滑县梁村。1958年随父母进疆。1972入武汉大学中文系读书。1990—2000年著有《怪怪怪侦探所》《三枚鸟蛋》等少儿中、长、短篇小说十余种。获得优秀科普图书奖、湖北科技进步奖三等奖等奖励。近年编辑微信作品《行走在武大》，点击量25万余，深受武大校友喜爱。编辑《2017电子挂历·梁祝十八相送》，不足两月点击量30余万。

逛武大校园偶感

过年留校园，空空少人烟。
教室门紧锁，操场无少年。
一二老教授，跑道步蹒跚。
巍巍老斋舍，寂寞樱树前。
鸟雀走石阶，八哥落飞檐。
缕缕香风来，寻迹到梅园。
金蕊悄绽放，暗香醉枝间。
飘忽如仙境，与梅牵手言：
花开终须落，馨香留人间。
恍然举步去，又到未名潭。
枯荷卧清池，黄叶扮睡莲。
倒影晃樱顶，涟漪惊翠山。
灰鹊岸边叫，布谷不敢言。
轰然飞来石，艺博落池边。
傲然翘首坐，静待二月间。
壮哉我武大，美哉我校园！
且等春花开，挤爆樱花天！

咏鸡诗

太虚耀星辰，环宇听鸡鸣。
悠悠天地间，唯君第一声。
昂首一歌起，惊落满天星。
嫦娥羞躲避，玉兔隐其形。
火轮跃天际，曦和御车行。
农夫出门去，村舍炊烟升。

蜂蝶忙来往，草木露晶莹。
一冠王天下，两爪刨光明。
三唱醒万物，八荒起和声。
有君歌相伴，何愁无光明？

蝶恋花·寻樱

　　春来寻樱旧时路，百回千转，也绕花千树。谁扯轻纱留我住？一枝香蕊说思慕！　　媚眼轻抛阻我步，摇颤轻香，便胜语无数。欲走还留频回顾，哪堪明日寻无处？

天山见闻

山峰有坡貌平平，野花姹紫又嫣红。
横亘地缝赫然现，对峙山崖瞬间生！
怪石突兀生阴霾，奇松倒挂无栖鹰。
莫说深渊深万丈，一步飞跨草木惊！

春夜登黄鹤楼

春月朦胧龟山影，春雨轻烟一江中。
春风黄鹤唤不归，春意昔人杳无踪。
春色满船载不动，春水半江别样情。
春心喜登层楼去，春花数枝遮江城。

天净沙·深院

深院高墙繁花，圣僧罗汉菩萨。曲径石板梅爪，木鱼几下，佛家人叩天涯。

天净沙·自家田园

青椒瓠子丝瓜，柚子橘树枇杷，小院长藤木栅。锄禾搭架，种田人在咱家。

树与花

山转水映一树花，花树隐约有人家。
家家门前鸟巢树，树树枝头开繁花。
袅袅云烟树摇月，盈盈月光花入家。
日落月升树为媒，鸦去燕来花作答。
愿赏云霞花共树，喜看烟雨树上花。

注：复字诗。每句须出现"花"或"树"字。

百鸟朝凤

布谷一声唤春归，喜鹊两两闹阁纬。
鸳鸯有幸三生伴，孔雀四季耀日辉。
春燕舞柳多快意，鸽唱六旬欢乐随。

七八九十白头翁，凤凰百炼浴火飞。

注：百鸟朝凤数字诗。请写一首七言诗（句数不限），须用上一二三四五六七八九十百，同时须用上至少5种鸟名。如春燕、布谷、喜鹊、天鹅、鹤、鹰、孔雀、白头翁、鸳鸯、凤凰，等等，诸如此类。

写了八种鸟。1到百。嵌"春阁生日快乐"于第六字。竖读。

赞蒲公英

飘逸飞扬一随风，为人为我两相同。
落地花开三生幸，飞天漫舞四季风。
笑饮江河五湖水，乐看红尘六根清。
日行追梦七八里，九十一百不为终。

注：数字诗，1-10。

陶佳珞的诗

　　陶佳珞，1958年8月出生于武汉市。武汉大学出版社编审（已退），在《中国出版》《光明日报》《中国图书评论》《武汉大学学报》《图书情报工作》《长江学术》《中华读书报》《新闻出版报》等报刊发表论文、书评30余篇，出版专著1部（编著），参编图书多部。另有诗词赋见诸《湖北日报》《楚天都市报》《神州辞赋》等报刊。

蝶恋花·探樱

阆苑探樱曾几度，雾雾迷蒙，云海疑无路。樱笑我痴留我住，寻芳何惧云深处。　银浪红霞翩舞步，缕缕清香，化作流光赋。亦喜亦忧别玉树，可堪明日寒风顾？

七律·晨跑有感

一上珞珈销万愁，松青柏翠鸟鸣悠。
朝晖初映新山路，夜雨频敲旧日楼。
老少争先盼健硕，师生同道谱春秋。
相逢共话当年事，心曲声声随水流。

七律·珞珈梅韵

暗香浮动凝霜地，摇曳多姿俏立身。
迎客八方留雅赋，聚情千蕊慰征人。
寒风作伴有时尽，丽日映途无际春。
放眼百花争艳处，余芳犹自长精神。

蝶恋花·访梅

黄玉红珠青蕊小，素艳千姿，不畏霜欺早。轻舞斜枝芳意绕，横笛吹过惊飞鸟。　夜静忽闻梅语悄：占尽风情，犹恐百花恼。

我劝痴梅多虑了，雪中傲立迎春笑。

沁园春·瑞雪重归江城

今日江城又降瑞雪，感赋。

瑞雪飘飞，再过楚天，回望旧人。念悄悄梅语，盈盈笑靥，呼朋唤友，诗赋频呈。曼舞疏林，踏歌衰草，当日何曾不是春。秀颜驻，赞云玑交缀，银梦重温。　　旧人如此多情，又岂忍匆匆转此身。愿琼花堆绣，玉梭织缎，芳草多润，晴空无尘。轻采梅枝，略酌薄酒，共话来年长精神。君何羡，与旧人同醉，春意缤纷。

观友人雅室水仙

黄冠翠袖玉玲珑，雅室幽香溢夜空。
不让腊梅专秀色，早春一到与君逢。

采桑子·元宵有感

丙申元宵佳节，老同学们微群欢聚，飞鸿传情。叹三十余年弹指一挥间，感慨良多。

故人佳节喜相聚，近也情浓，远也情浓，笑语欢歌飞九重。

何时圆月不相似，人已不同，景已不同，风雨春秋一梦中。

一剪梅·惜别

　　年少不知别后愁，河柳轻折，错弄春柔。红尘思倦倚西楼，风也凄凄，雨也稠稠。　　满目春光却似秋，陌上千鸿，月下孤舟。此笺易寄恨难休，衰草迷迷，衷曲幽幽。

春诗

　　仿唐·皎然《春诗》。

春山似翠屏，春水绕芳林。
春燕飞檐下，春莺歌入云。
春花万朵艳，春月千江明。
春气乾坤满，春诗相和鸣。

天净沙·珞珈山晨景

　　松青柏翠鸪喳，小楼石径红花，曲道晨风飒飒。春光如画，早行人似仙家。

题友人吐鲁番杏花林照片

春讯一朝遍火洲，杏花万亩舞银绸。
丽姿只教嫦娥妒，娇靥恐惊西子愁。
戈壁黄沙无意起，天山琼海有心柔。
馨香千里游人醉，不忆江南柳绿洲。

苏幕遮·端阳节忆旧

　　1987年夏，我参加了在湖南岳阳举行的全国屈原学术讨论会。时逢端阳节，与会者共赴洞庭湖畔观看盛大的龙舟竞赛。岁岁端阳，今又端阳，其情其景，跃然眼前，呈词一阕，略抒感怀。

　　粽香浓，兰韵渺[1]，湖畔风清，一树榴花笑。争看龙舟齐发了，白浪翻飞，战鼓云中啸。　　水吟悲，天问杳，屈子锥心，何处寻芳草。可叹衷情虚负了，离恨忧思，绝响千秋绕。

　　注：①端阳节民间有浴兰汤的习俗，《九歌·云中君》有"浴兰汤兮沐芳，华采衣兮若英"诗句。

西江月·缅怀李达校长

　　今天，是中国共产党95岁生日。此时此刻，我们不能不缅怀在中国传播马克思主义的先驱、中国共产党的创始人之一、杰出的马克思主义理论家和教育家、敬爱的李达校长。50年前，他在那场浩劫中被残酷迫害致死。

浩劫平，奇冤雪，学子们于校内葱郁茂盛之樟林敬塑李校长之座像，以资纪念。余每行于此林，凝望先哲，思绪万千，不胜感喟。今填词一阕，聊申缅怀之情。

禹域初播火种，燎原兴建丰功，如椽彤管对刀丛，宏论皇皇高耸。　讵料十年浩劫，丹心泣血苍峰。音容遗训贯长虹，林茂清风遥送。

读咏莲诗赋有感

凌波菡萏千秋颂，娴雅馨香意态浓。
最喜濂溪简素语，几回梦里与君逢。

如梦令·赏月偶感

玉镜当空如坠，千里湖山添媚。举酒庆团圆，细品个中滋味。情醉，情醉，今夜几人难寐？

天仙子·中秋情

三五良宵明月满，万户千家抬首看。嫦娥当解别情幽，云袖漫，清影乱，直惹离人长短叹。　岁岁环玦悄变幻，自古圆缺终有憾。流光如水润心宽，愁绪散，浓亦淡，湘瑟秦箫舟远泛。

七律·咏东湖绿道

欣闻东湖绿道全线贯通，即将于今年12月28日正式开放，感赋。

一条碧链绕湖中，串起明珠映秀峰。
梅影樱姿妆曲径，荷香菊馥溢长空。
听涛柳絮年年舞，落雁芦花岁岁逢。
杳渺逶迤涵楚韵，千秋绿道拂清风。

鹧鸪天·咏梁祝

彩蝶飞来觅旧踪，楼台烟雨泪痕朦。草桥结拜三生幸，柳岸双栖一梦中。　　长别送，盼相逢，云山千里两心同。痴情顷撼相思冢，绝唱千秋飘九重。

珞樱赋

江城仲春，莺飞草长，东湖粼粼，珞珈苍苍。梅香已随寒风逝，桃蕊正迎丽日放。奇哉！樱似一夜雪浪涌，银花漫天，独领春光。素练凌空，惊嫦娥之幽梦；绣袂弄云，赛瑶姬之霓裳。虽逊梅之风骨，犹有玉树之逸韵；不竞桃之秾艳，却溢琼花之清芳。银龙舞翠峦，巍峨添灵动之气；玉带映黉舍，恢宏增秀华之光。莘莘学子，年年花下赛诗会；熙熙游人，岁岁云海乐徜徉。美哉！

不信人间美如斯，只疑仙境从天降！然佳期苦短，胜景不常，风扫云散，红雨茫茫。明媚鲜妍曾几日，一朝飘落太匆忙。清泪漱漱，忍辞嘉木；玉蝶纷纷，欲往何乡？实堪伤，幸留君影慰思量！君莫叹，虽输苦雨三两日，已赢颂诗万千行。明春傲然归故里，又令桃杏空惆怅！

张宗子的诗

张宗子，河南光山人，1983年毕业于武汉大学中文系。20世纪60年代后期开始发表诗歌作品，90年代以后，写作以散文和读书随笔为主，同时进行中国古代诗歌研究，并翻译英文作品。作品见于《读书》《散文月刊》《天涯》《光明日报》等海内外报刊。出版有散文集《垂钓于时间之河》《空杯》《一池疏影落寒花》，读书随笔集《书时光》《不存在的贝克特》《往书记》和《梵高的咖啡馆》，译作有《殡葬人手记》。

和鲁迅先生自嘲

道存梯疐费虚求，路到穷荒始掉头。
残炮埋红图续夜，落星如雪欲填流。
柙中赤帻忽成虎，天外银轮又喘牛。
审雨堂前丝竹美，翠华玉殿自春秋。

和鲁迅先生无题

江湖赠弋许趋时，战栗惊澜垂一丝。
秋雨侵花愁鬼魅，天河窥野逐灵旗。
可能衰朽易成病，未到良辰莫赋诗。
缓缓竽吹兼日夜，红衣舞罢更青衣。

秋日得嚎字

枯荷无叶听秋嚎，破梦寒虫时一遭。
意气惊曾如兕虎，生涯酿已似葡萄。
垩飞郢鼻出匠斧，隙批庖牛奏神刀。
我愿天河长许坐，桂花影里唱离骚。

牙买加高地菊花三首

天边月下久暌离，梦里清寒把一枝。
娇色依稀回旧影，余香宛转忆前时。
远乡路断霜飞早，小院樽空雁过迟。
瓦缶移来临几案，深幽谁与祝芳姿。

寄我高情破我愁，对花若此又残秋。
平生快意诗千首，盖世声名酒一瓯。
敧枕聊成烟水梦，抱书谁得稻粱谋。
东篱莫话少年事，未到黄州已白头。

前身许是范石湖，岂有江山看已枯。
画谱真成鱼千里，服华时听雁一呼。
簇圆碗大金丝卷，养就松香翠羽株。
天意颓龄安可制，听教尘爵耻虚无。

书稿初成感赋

西来一杖拄何堪，窃药徒成留齿甘。
天下英雄真彼辈，可怜风景在江南。
见夸轩膊窥龙首，未待秋飔落菊潭。
故国帝青三万里，片云如梦已沉酣。

有感

丈室千花不我留，犹期一水老横舟。
韩陵读罢虚同语，东郭乞余比列侯。
事皆重经空说梦，人非太上可无愁。
夜天星斗归何处，穷海秋风催白头。

乙未年为清角兄寿

江左襟怀比旧游，或闻三语已千秋。
暮云万里投青眼，秋水一尘到白头。
地接仙坛通瑞气，天开道路与骅骝。
长林莫叹归来晚，菊暖梅寒足唱酬。

猴年悟空

源流说破警嚣顽，故有精灵出世间。
汉帜不张傲来国，秦人谁识花果山。
放心正要乾坤乱，收手旋看鱼鸟闲。
月印千江唯一念，中宵好听水潺湲。

故国楼台起暮烟，当时陌路最惘然。
守得云中出玉兔，便从火里种金莲。
阎浮世界信如水，野寺箪瓢可尽年。
霜菊金天肃气象，妖风妖雾莫缠绵。

英雄只此敢争先，拜舞何曾到陛前。
为徒为师皆是我，得生得死不由天。
从来兄弟能同力，到底春花不久妍。
勘破重关吾老矣，爱他云桂两团团。

自寿

九转丹成道未成，五更蚁动渐闻声。
吹唇史已传三豕，吐凤人犹赋两京。
河上仙槎疑积羽，世间天眼是前生。
秋风满地开红蓼，泽畔银钩特地明。

菊花四首

玉露初沾叶，繁花忽已开。
微香浮洁蕊，细影落轻苔。
便乞东篱夜，来斟小院杯。
亭亭如可见，忧惧等尘埃。

相伴足温暖，风霜耐若何。
芳丛发何处，觅觅情已多。
我雨独行迈，万里起一歌。
恍然坐咫尺，幽梦寄沧波。

清芬秋自挹，结想在空山。
金瓣出天地，绿茗对鬓颜。

从心识大美，契分得真还。
永夜谁无寐，长天月一弯。

涧谷古幽独，甫也何由羡。
鱼鸟有欣意，卉木与时变。
自是倾城态，固合劳深恋。
君子亦摇落，尊酒把书卷。

随感七首

一

道术已为天下裂，触目一察莫相通。
谁能冷然见大体，众人皆往独乘风。

二

隐几今人犹古人，能穷奥业亦伤神。
蕉中鹿覆他年梦，雨后衣疑见在身。

三

楝花如雪点幽苔，漫散酴醾傍水开。
欲借松醪隔海醉，来收月窟锦绣堆。

四

玉佩琼琚有厥辞，少时丹篆复何疑。

一芒犹是高山意，岂比群公爱项斯。

五

海有狂心方聚水，人无妙癖不成贤。
平生意气应销尽，却念前尘倍怅然。

六

清谈尚欲振孤风，望士濡毫禄几重。
蚁足若能驰北海，蜂针自可破鸿蒙。

七

我所思兮在海隅，青烟漠漠起修途。
一尘已坠莫开眼，直待莲花劫后株。

欧阳祯人的诗

欧阳祯人，1961年12月出生于湖北建始，哲学博士，武汉大学中国传统文化研究中心、国学院教授，博士生导师。武汉大学阳明学研究中心主任，《阳明学研究》杂志执行主编。湖北省武汉市孝文化国学院院长。现兼任中国哲学史学会理事，中华孔子学会阳明学研究会副会长。湖北省孔子学术研究会副会长，湖北省《周易》研究学会副会长。已经出版各类论著16部，发表长篇学术论文150多篇。创作各类诗歌600多首，2009年出版诗歌集《珞珈魂》，2017年拟出版第二部诗歌集《珞珈魂》（续集）。

采桑子·清江月

　　建始县清江北岸景阳关万丈绝壁之上有虬龙修炼成功，腾飞升天之状。各种民间故事与传说此起彼伏，版本众多。此诚清江流域鼓励后进、希冀后学之文化也。

　　初春雾锁清江月，淡淡乡愁。淡淡乡愁，梦里依稀，千里水悠悠。　　巍峨绝壁朝天阙，崖嶂苍虬。崖嶂苍虬，卧雪眠霜，羽化报潜修。

少年游·仰天啸

　　彩虹飞渡景阳桥，紫气满蘅皋。峡江青嶂，韶光潋滟，雾霭随风飘。　　天堑奇峰群山老，听旷世波涛。千古衷情，海枯石烂，独自仰天啸。

采桑子·秋分

　　秋分寒暑阴阳半，丹桂飘香。丹桂飘香，诗酒菊黄，落叶卷平岗。　　黄宇被寒北风冷，千里初霜。千里初霜，噤住鸣蝉，暮色罩八荒。

青玉案·寒露

楚天秋夜生寒露，看残荷，偎荒暮。血色斜阳谁与度？桐黄叶败，落霞孤鹜，阵阵揪心处。　　峡江汹涌惊涛舞，山势奔腾骕骦路。试问前途山几许？冷风呼啸，羌笛鼙鼓，万壑吞云雾。

鹊桥仙·重阳

天寒露重，风吹残柳，卷起一湖飞絮。群山松壑晚秋游，赏不尽、黄菊相属。　　登高远眺，荷桐摇落，望断潇湘归路。红衰翠减过重阳，正好写、《离骚》新赋。

临江仙·珞珈

湖外桂花肩上雨，都缘寒露风横。飘飘粉泪锁幽明，苍穹尽处，遥见珞珈黉。　　摄魄香魂熏画栋，嫦娥缥缈娉婷。霜枝阴翳辅雕楹，山川隐隐，杏杳月华生。

何满子·清馨

遥想珞珈桂子，缥缈三界清馨。本是广寒天上女，冰肌玉质谪临。哀婉绰约流昕，凄迷幽怨离魂。　　馥郁无风盈袖，缤纷谱写霜晨。如影随形仙鹤舞[1]，芬芳寂静通神。长夜思绪如梦，醒来无计追寻。

注：[1]此用有形的仙鹤之舞，来形容无影无形的桂花飘香。

洞仙歌·雪松

　　父亲耄耋之年，八十春秋，峰回路转，跌宕起伏。天生耿直，不善逢迎。雨雪风霜，历尽人生艰辛。至今依然性情磊落，以德报怨。心直口快一生，教书育人一生。晚年精通太极拳，飘然有出世之志，令人感叹万端。有道是：

　　清风飘逸，磊落人生路。苍劲迎寒雪松举。祖庙濲，族脉黯淡依稀。遭乱世，历尽千难万苦。　　涔涔流血汗，奋力读书，不料迎来廿年辱。切切守师魂，耿介敦实，言语快，不谙世故。所幸是，精通太极拳，慰籍耄耋心，翩鸿曼舞。

祝英台近·覆盆雨

　　母亲大人，今年七十九岁。年少时，惊鸿殊容，万家相求，然我母独钟情于我父。不料人祸横行。父亲廿一年右派，下放劳动。我母备受各种欺凌。怀九胎，存活四男一女。儿女嗷嗷待哺，全部靠母亲一人微薄工资养活，虽饔飧不继而得以活命，全赖我母之恩赐也。长期忍辱悲愤而宵衣旰食，积劳成疾。此天高地厚之恩情，非我们儿女今生今世能够报答也。

　　倚西风，飘袂处，烟柳叹惊鹜。待字闺中，茶礼奉无数。万般皆是因缘，定情张氏。本应是，琴箫钟鼓。　　暴风飐，无限恩爱缠绵，化作覆盆雨。数九严冬，哽咽凄凉处。嗷嗷待哺饥寒，仰承甘雨。怅寥廓，气吞铅暮。

采桑子·枯荷

悲风撕裂金秋梦，雨携彤云。万壑沉沉，枯荷凋零破碎心。霜飞曲径黄昏后，淅沥凄清。哀婉伤情，天籁潜潜谁去听？

阮郎归·西藏梦

白云翻卷倍思乡，圣湖秋水长。蓝天如酒醉格桑，青稞泛杏黄。　佛塔林，护羌塘，酥油供圣光。经幡飘舞映斜阳，诗情溢大荒。

西江月·圣城拉萨之一

万道佛光四射，巍巍经幢独擎。红白相间砌祖庭，灵塔性通幽冥。　莫道高寒缺氧，雪山皑皑奔腾。翩翩法号颂佛声，肃穆庄严殊胜。

南歌子·圣城拉萨之二

飒飒秋风舞，高原万里霜。飘飘落叶泛金黄，映带龙潭圣水碧波长。　庙宇接天际，飞檐探毕房。佛经琅琅死生忘，势卷山河大地莽苍苍。

贺圣朝·圣城拉萨之三

蓝天寥廓高原路，看沿途秋树。飘飘落叶送精灵，杳杳随风舞。　金黄麦浪，翻腾起伏，现悠悠河谷。清清流水映高山，雄鹰翱翔处。

解佩令·拉萨河（圣城拉萨之四）

古幡掩映，水天一色。看波涛，素净朝天阙。潋滟迷离，舞细浪，影寒星月。绰约姿，晓堤风烈。　可怜秋季，麦田摇荡。望高山，夜来初雪。杳渺蓝天，醉人处，飘飘黄叶。梦千回，碧波萧瑟。

青衫湿·羌塘

羌塘草甸秋光里，绿色到天涯。茫茫原野，阴晴雨雪，交汇烟霞。　念青唐古，高原屋脊，飘舞哈达。楚国游子，青衫泪湿，梦醒藏家。

踏莎行·圣域天堂

鬼斧神工，冰川地貌，赤橙黄绿惊缥缈。滔滔雅鲁藏布江，凌霄耸壑烟霞绕。　暮霭沉沉，飞云隐鹩，雪山狮子当空啸。秋风千嶂送夕阳，羌塘万里连芳草。

一斛珠·纳木错

群山环辅，天高地厚拥极浦。水云连属初冬暮，冷雪缤纷，遥遥高原路。　　云影波光含霜雾，凄清妩媚孤鸿舞。念青唐古倾情诉，阴风追魂，灵塔镇山处。

蝶恋花·暮色珠峰

吹尽狂沙冰崖老，暮色沉沉，凛冽寒风搅。冰塔冰帘冰瀑啸，珠峰绝巘隔飞鸟。　　惨淡愁云霜雪杳，沟壑连绵，漫漫天国邈。万道冰山临晚照，赤橙黄绿出烟峤。

秋波媚·色季拉山

横空出世气萧森，苍莽雾沉沉。初冬凛冽，乘风挟雪，尽扫霜晨。　　秋冬春夏被飞雪，万物玉石焚。雪莲紫褐，荷姿妩媚，雪线独尊。

减字花木兰·唐蕃古道

唐蕃古道，西藏荒漠云渺渺。雪豹黄昏，圣湖冰川夜沉沉。贯穿南北，尸骨逶迤何累累。天地玄黄，看晚风吹尽沧桑。

醉花阴·蓝天之蓝

寂静无边垂宇宙，浸染龙潭柳。纯粹洗天光，浩瀚深沉，梦醉青稞酒。　　单纯清丽三秋后，映雪出山岫。愈高愈杳渺，恍惚依稀，隐隐天堂鸶。

鹧鸪天·天堂之云

碧玉晶莹护圣宸，涛涛飘逸洗凡尘。苍穹浩瀚奔腾去，闲适逍遥万里心。　　天宇梦，梦深沉，神奇幻象欲销魂。斯须苍狗翻飞意，天网恢恢转法轮。

醉花阴·天山暮

丙申十月廿五（公元2016年10月24日，感恩节），小雪节气已经过了两天，全国都正式进入了严冬季节。我们月印万川慈善群收到新疆克孜勒苏柯尔克孜自治州阿克陶县小白杨双语小学"月印万川班"一年级的孩子穿上了我们捐助的羽绒服的相片和各种凭据。看到孩子们稚嫩的脸神和期待的眼光，我感动至极，心潮汹涌。人生一世，还有什么比这更幸福的时刻吗？

万里烟尘天涯路，飞雪边陲雾。凛冽黯草原，刺骨寒风，袭卷天山暮。　　狂沙吹尽云杉树，杳杳冰花舞。深夜赋新词，梦里昆仑，荒月迷离处。

采桑子·孔学堂

　　花溪十里波涛涌，万壑红枫，山色空蒙，孤鹜翩翩鸣苍穹。孔学堂里阳明梦，玉砌学宫，汇聚龙凤，文气飘飘达九重。

周达的诗

　　周达，男，1962 年出生于武汉，祖籍湖北宜昌。1979 年毕业于武汉市洪山区长虹中学，1983 年毕业于武汉大学中文系。先后在武汉市委、民航湖北省管理局工作。1992 年调南航深圳公司工作，1994 年调广州南航总部工作。网络旧体诗词爱好者，曾在网上许多诗词论坛担任过版主，网名清角吹寒、桃门清角，有网上诗词集《清娱集》。

丙申立春日次宗子①韵

春风十里小淹留，欲趁心潮一放舟。
天赐五羊衔谷穗，自求多福胜公侯。
青衿白首诚知乐，陋巷箪瓢不识愁。
穷达皆为身外事，坐看暖日出江头。

注：①张宗子，武大中文系79级同班同学，现居纽约，散文随笔大家。

过岳阳

槛外西风万顷秋，暮云暗卷白潮头。
已停歌棹应渔父，徒效楚狂嘲孔丘。
忧乐于心谁与计，兴亡如梦总无由。
洞庭惯是长为别，一夜高楼望帝州。

生日自题

不求青眼识胸襟，自捧韶光读古今。
一日相从夫子道，白头犹抱少年心。
壶觞属客书成累，物候催人雨漫侵。
见说春山依旧好，敢因身倦废登临？

东湖

屈子行吟渺渺兮，烟光依旧与天齐。
千年待折陶公柳，百里相衔楚水湄。
鹤去应知尘世冷，人归犹被夕阳迷。
题诗所幸无坡老，留得名湖不姓西。

次韵冰黛儿游汉长安城遗址有怀二首

未央湮没孰能禁，泾渭同流向华阴。
青史莫明秦帝鹿，残阳犹照汉家林。
几朝功德人频颂，十二城门草暗侵。
念及苍生神鬼事，心头足下两沉沉。

断石曾夸天子临，多情司马坐调琴。
繁华一瞬长安老，风雨千山白夜沉。
回首遥思飞燕舞，仰天可见逐臣心。
年年慨叹还依旧，御道柳花吹满襟。

次酒风兄田园韵

岂曰无能方种蔬？人如龙凤亦挥锄。
英雄何止操同备，大野但余丘与墟。
空负一双修月手，闲翻几卷养生书。
山居不必歌长铗，食有鱼兮出有车。

步陈子龙人日立春韵

寒尽春回一梦新，金鸡唱日醒花晨。
神追江海骑鲸客，闲作风云袖手人。
屏里甘棠青郁郁，阶前历荚色津津。
晴光每道羊城好，万紫千红聊自陈。

重登镇海楼

西风送我上层楼，岭海蹉跎春复秋。
鲈脍念生归未得，栏干拍遍怅无由。
何妨终老于尘土，谩道栖身在蚁丘。
越秀山花开烂漫，倚看斜日卧江流。

咏黄花岗木棉二首

簪缨十万隐花丛，每至春来碧血融。
几树擎天燃烈炬，满城仰首赞英雄。
先贤遗梦埋千古，我辈何颜说大同？
惟有木棉终不负，年年岗上照人红。

天桃艳杏闹春先，入眼奇芳只木棉。
铁甲披身挥赤帜，丹心捧日向青天。
为留碧血彰千古，每在清明争一燃。
柳态梅姿浑不识，树犹如此况人焉？

中州吊古

千古恩仇入土丘，吹沙走浪大河流。
每哀虏乱中原日，岂道族亡崖海头。
畿辅城摧衔国恨，花园口破吊浮沤。
郑风韩雨今犹在，春色深藏玉米楼。

元旦登白云山

浮家岭海岁匆匆，如寄人生朝露同。
腐鼠卅年滋味甚，大羹一鼎颂声隆。
闲居久作新丰客，何意偶逢棠树风。
常爱登临君莫哂，只缘梦在白云中。

步鲁迅先生无题韵寄宗子

屏中数句会多时，心绪无端千万丝。
对月曾吟苏子赋，采芹同望鲁侯旗。
尚祈牙塔能存梦，岂料风华不入诗。
零落天涯归去懒，任他霜露夜侵衣。

丁酉元日述怀

舍外青山映日轮，闲心久与白云亲。

身安家国开新历，风绿棠梨乐好春。
敧枕自知柯梦觉，持竿不顾钓台询。
此生行作天南客，长幸未沾京洛尘。

黄州赤壁

三楚风光聚此丘，我来凭吊对江流。
平生为口忙于事，今日携壶醉入舟。
俯仰之间应有得，清闲而外更何求。
当头一片东坡月，依旧无声守住秋。

康有为

百日浮光转首空，声名总让死英雄。
瀛台月映西窗雪，蓬岛梦连南海风。
近古祚延唯立宪，至今天下未为公。
须知毁誉千年定，长恨江山不大同。

步鲁迅先生辛亥残秋偶作韵

击壤何人歌帝力？卓然鸷鹗立朝端。
求名待继唐虞踵，做主还看父母官。
审雨堂前风未起，武陵源里夜生寒。
荣枯翻覆今成惯，异事秋来又若干。

步黄景仁感旧四章写珞珈山

赧情惟有酒能遮，每趁金觞泛脸霞。
问讯席前生慨叹，登临望里惜昏花。
半肩烟雨人偎伞，一骑湖山脚踏车。
白水泠泠杨柳淡，西风今又换年华。

风雷忽作醒余醒，灌耳而来千万声。
打响老荷今夜雨，叠深往事故园情。
但将梦影连根忆，不管流云满壑生。
遥想东湖萤火岸，绿杨牵手有人行。

碧天空阔雁飞频，又见珞珈红叶新。
当日相怜携手侣，如今谁是画眉人。
所欣环座无饥馁，聊作谈资几凤麟。
各有千秋同学辈，夕阳独爱老来身。

磨山登望意欣然，十里垂杨隔雨烟。
好景须从高处取，闲身每可困时眠。
更除诗酒无余事，犹悔才情负少年。
曲岸几多红绿伞，东湖依旧得人怜。

次沙鸥夏夜好怀韵

风雨邀来作好朋，水光岚气正相仍。
数声婉转知天霁，一片清凉坐石棱。
雕句何须修月手，看花不近读书灯。
浮生喜乐谁人共？除却湖山几个能？

秋兴七

平生不废读书功，时日消磨在此中。
心足自当为富贵，身闲但喜有山风。
岸深芦荻经霜白，夕照江枫带水红。
湖海飘零归去后，与君相约作渔翁。

次小久无题韵

帘风暗拂小窗灯，冬夜但闻疏雨零。
世事频催双鬓白，盛年依旧一衫青。
静吟坛上新开帖，羞杀屏前老执经。
檐外芭蕉千万滴，声声叶叶要人听。

垂钓

赤日一团谁粉涂？满天霞色自如如。
岂言白首须修性，偶坐严滩懒读书。
人世沧桑忘宠辱，心潮澎湃任盈虚。
平生喜对千江水，万事不忧因有鱼。

丙戌年碧花园闲居自寿

白云于我最相亲，同伴桃花媚早春。

翠鸟数声饶有趣，高风一过净无尘。
每耽杯底沉明月，惟向书中寄此身。
遍野新鲜多访客，几人真是看山人。

己丑秋写同学聚会

旧梦重回三十年，珞珈秋月向人圆。
多情自古徒添累，白发如今未了缘。
尚喜校园兰桂好，更期学统子孙传。
清风长记东湖路，浮世沧桑几变迁。

次宗子兄秋兴八

往事堪怀今亦古，思追黄鹤盼君还。
廿年情绪凝霜上，满舍书声记梦间。
曾吟秋色伤辞色，更怨红颜惹醉颜。
人别岂知心未别，看山都似珞珈山。

刘继成的诗

刘继成，武汉大学理学硕士，自由职业者，字传之。故乡竟陵，陵之竟也，雍正后代以天门，源起有"天子门生"一说，曾借其自号，示不敢忘祖之意。蛰处深圳塘朗山螳螂小筑，乃号螳螂小卒。复凿二窟，归隐武昌马驿山蚂蚁大宅，又号蚂蚁大仔。

宅设书斋闻道居，主人故号闻道居士。闻道者，朝事乎？文刀也。致敬院内两棵百年香樟，因效五柳先生，别署樟三爷。这年头，土鳖没件把洋马夹哪行？赶时髦的，叫三爷Jason，也成。

临江仙·樱花时节重返母校

长忆梅园和月饮，轻狂满座豪英。文章天下乱批评。杯空人不见湖畔踏歌行。　　到底风流云散久，天涯一梦春樱。千山何似珞珈青？花开仍静好，笑泪向新声。

五绝·丁酉战书

壮岁犹饮冰，永难凉我血。
还怜梦里人，壁上观天裂。

七绝·辛卯正月初十午后楚天高速途中赋得春雪

花来天外笑人孤，箭到眉头影却无。
神马浮云冬去也，轻车熟路更长驱。

临江仙·会师武汉次韵毛泽东《给丁玲同志》湖南方言词

落照二妃山色好，杂花生树倾城。旧鱼应识鸟巢新。行吟向端午，造见楚狂人。　　岁月薄情尘世苦，难为多少哀兵？桑榆掠过望江东。劫余堪一笑，百战再屯军。

七绝 · 戏步韵临水先生

谁舞大风空自狂，手机翻遍起沧浪。
读书信是青年事，一笑朝花夕拾忙。

临水《立夏日晚大风》

向晚风吹水若狂，碧波无际涌苍浪。
临湖我自敞胸立，顿掷人间万事忙。

菩萨蛮 · 俊刚履新志贺

　　大风鼓荡书生气，弦歌雅意真兄弟。不忘是初心，当春听啸吟。　　楚江秋更廓，天命凭猜度。各自在征途，归来酒一壶。

七绝 · 四季好

春色千重壮行色，秋声一片踏歌声。
冬云遮月凌晨雪，夏雨接风向晚晴。

七绝·京华小聚赠诸同窗

春色青山撩望眼，秋声碧水动归心。
珞珈岁月懵懂过，孰料光阴都是金。

七绝·神农架游记

群山林海画中游，不见仙踪见瀑幽。
应料野人乃神种，楚囚峻岭看云浮。

七绝·登武当山

武当问道大排场，香客登临谢旧皇。
岁月江山风雨里，巍峨金殿正迷航。

五绝·甲午冬月初九赠内

结发在人间，神仙不愿还。
白头新剪过，欺老笑青山。

七绝·加州客次赠旅美学友

海天又问久睽违，风起寒烟尽落晖。
一见更嫌硅谷远，开春谁唱彩云归？

刘正福/聊和继成兄赐诗步韵

可怜世事友心违，稍聚即分背耀晖。
何怨加州隔海远？来年同路荷锄归。

七绝·呈建斌先生

革命战场开狱中，斯文冷落懒雕虫。
爱情一梦流年碎，死不回头笑笠翁。

七律·故里竟陵忆往

汉江翘楚隐难言，最是伤心失乐园。
少艾辍攻花鼓调，老残留守状元村。
侨乡春树遮秋水，僧寺新茶唤旧魂。
草长莺飞时待我，快哉风正上天门。

七律·《玄奘之路》戈壁徒步感怀

2012年7月17—20日，从肃北龚岔口到瓜州锁阳城，在历史的荒原深处餐风宿露，108公里多踽踽独行，其间哼成一律。

大漠星空两寂寥，阳关一唱起心潮。
僧叹西度瓜州苦，使笑东归丝路遥。
罗马长安俱不见，波斯天竺正难调。
跋山涉水等闲事，块垒千年何日销？

七律·辛卯岁暮《石宝瑚抗日战地通讯》重刊暨先生期颐寿庆纪念

东风不度望西洋，薪尽霜天数典忙。
静好红楼传鼓角，艰难蜀道载文章。
远征烽火最前线，航讯弦歌正后方。
一片归心藏百岁，救亡照样赴沙场。

自注：石宝瑚，祖籍河北乐亭，辛亥生人。曾就读北京大学、加州大学伯克莱分校。抗战时期，先后主编或主笔北京大学《北大新闻》、重庆《新蜀报》及印度加尔各答《中国周报》，足迹遍布半个中国，留下大量启蒙与救亡文稿。1945年受派海外，20世纪下半叶主持香港《大公报》"美国航讯"专栏。

水龙吟·赠裴笑筝

莽原白桦亭亭，岭南春早红棉醉。丹枫叶落，香江潮涨，总堪回味。冰雪心怀，珠玑身手，拔乎其萃。正拈花一笑，弹筝浅唱，女儿好，何须媚？ 黄鹤翩翩入梦，共扶摇，北归无悔。厉兵秣马，攻城掠地，欢歌热泪。天纵豪情，自强变法，风云际会。恋征帆，尽了平生大事，激流言退。

七绝·辛卯送别诸生留学

秋风秋雨是乡音，江北江南两泪襟。
有事唤醒游子梦，家邦定不负归心。

相见欢·湖广会宴诸学友赠克科师兄

秋风撒帖英雄，喜相逢。 笑青春霜染壮心同。珞珈树，潇湘雨，岭南鸿。落叶又催归梦竟陵中。

自注：张克科，出生长沙，祖籍天门/竟陵，毕业于武汉大学，深圳为官。

长相思·毕业廿五年香山聚会留别学友

老在前，小在前，家国风尘照不眠。珞珈萦梦间。
富有缘，贵有缘，何似同窗手一牵？白头还少年。

清平乐·环青海湖骑行汉口始发补记

2010年7月27—31日，完成西海—151—鸟岛—刚察—西海总长400千米、平均海拔3300米环青海湖自行车骑行夙愿。

去年壮举，记得环台路。青海湖边油菜语，今日风捎到楚。
夜长挈妇将雏，梦多采菊乘桴。大美不辞苦旅，咏归醉枕空壶。

七律·两湖大陆首团环台湾岛骑行咏归

2009年12月7—15日，得捷安特襄助，某与湖北、湖南车友廿二人，艰苦卓绝，完成930公里环台湾岛自行车骑行动作，诗以存念。

一哭台湾忍卒听，劫波过后我南征。
跋山涉水心无碍，宿雨餐风梦有惊。
西太平洋宜放眼，南中国海好安营。
骑兵抱负怀天下，铁马辚辚更纵横。

江城子·季夏杂兴兼怀南国友人

咬文嚼字染书香。下西塘，转东江。忝为师表，得意作新章。犹记鹏城多少事？心已动，楚歌长。　　天风海雨卷熙攘。起阿房，炼丹方。金戈铁马，壮岁笑儒商。大地蒲团名利散，云梦泪，化秋凉。

五律·南国十年

　　丁亥十月十九，出席南国置业汤池会议。感慨良多，口占一律。

煮酒论南国，倾城听誉声。
武昌开战场，汉口辟征程。
理想出学院，精神动客卿。
十年烽火烈，万里凯歌行。

七律·赠岑龙兄

来仪家梧当国难，龙吟鹰啸唤回春。
乡愁入画争传世，蝶梦操琴怕染尘。
宿命未能忘使命，化身岂敢夺真身。
江山人物西风里，谁识胸怀斧劈皴？

　　自注：岑龙，著名油画家，弟岑鹰，父母岑家梧、冯来仪，
满门荣耀。

七绝·端午进大别山天堂寨

三省望眼此黄冈，念念林泉是故乡。
雨打风吹捱过了，云中千岛一天堂。

吴根友的诗

吴根友，安徽枞阳人氏，现为武汉大学教授，教育部长江学者奖励计划特聘教授。

西江千户苗寨掠影

一水中分千户苗，重重古寨与山高。
朦朦细雨侵凉意，苗女发髻牡丹娇。

游华山有感四首

之一

萦回梦中廿几年，携妻从友北峰巅。
坐看绝壁擎天起，欲赞华峰却忘言。

之二

秦岭沉雄造化添，华峰险峻鸟心寒。
惊魂犹瞰缆车下，云洞深深可坐禅？

之三

车绕悬崖若游龙，单边绝壁颇心惊。
偶瞄窗外山巅月，恰似祥云送客行。

之四

名曰登山却未登，观光索道太从容。
他年拈得机缘日，依傍仙家住洞中。

曼谷指爪（一首）

之三　车经曼谷近郊访法身寺

绿树茵茵别墅群，良田万顷稻香熏。
几番误认云为海，穿破云深又一村。

游宏村三首

小记：七月四日，高中同窗高兴友陪同，携家人到宏村一游。

之一　村口

一池荷香醉客心，绿肥红艳洗风尘。
呼郎喊女游人事，要留身影伴古村。

之二　全村掠影

白墙黛瓦青山下，绿水拱桥高屋前。
小巷深深曲水妙，家家户户动琴弦。

之三　全村布局

曲水长流绕户行，山村日夜琴声鸣。
要知妙道谁人出？祖母神机第一功。

贺新年

相忘江湖又一年，窗前梅雪起思怜。
汉皋冬季无长物，短信一枝上士前。

咏樱花（五首）

小序：今年春天特别冷，樱花至少迟开十到十五天。三月十九日，就有游客来武大校园赏樱，其时樱花还酣睡枝头。三月十七至十九日三个晴天，樱花才于二十日下午露出真容。其后几天，忽雨又晴，晴未几又大风，四月二日下午，樱花吹落殆尽，三日枝头稀稀矣。

其一

迟到樱花耀眼开，云霞灿烂蜂蝶来。
年年岁岁花相似，岁岁游人各异怀。

其二

樱花初放雨纷纷，游客梦中欲断魂。
寄意龙王荃不察，落英一瓣一揪心。

其三

樱花雨后更妖艳，游客熙熙诚比肩。
撷取春光一瓣美，钓君思念到从前。

其四

春光岂只属骚年？翁媪人中亦缱绻。
一笑莞尔樱树下，风撩花影羡神仙。

其五

霜煎雪压几多时，初放偏遭风雨摧。
缤纷樱落彩蝶梦，尽化明年枝上诗。

七月十七日至十九日携妻与友人黄开发一家大别山区二日游（四首）

一、西九华与妙高禅寺（十七日下午）

中原大地气沉雄，郁郁重山隐秀峰。
禅寺妙高稀客至，茶山翠竹多清风。

二、安丰塘边（十八日寿县访孙公叔敖祠）

安丰塘水广，叔敖功德多。
千年恣肆水，从此惠良禾。

康州米德镇 (Middletown) 春光咏之一

汉皋已入夏，康州春初临。

树树发新绿，家家花盈门。

最急姑娘性，背心配短裙。

要竞春光美，哪顾寒意侵？

玉臂复玉腿，芙蓉朵朵纯。

人生惬意事，域外又逢春。

参观漳州南靖土楼群组诗之三

漳州行有感

蓝天白云寻常事，绿水青山在在新。

且向漳州赊日月，借与京沪洗愁云。

西北行（组诗）之一

重访敦煌莫高窟（二首）

小序：近日，再次参观莫高窟壁画，又游览了鸣沙山、月牙泉、武威、甘青交界民乐、门源诸县油菜花，终点是青海湖、塔尔寺。参观塔尔寺，正赶上旅游旺季，印象欠佳。组诗一鳞半爪，记录了此行所见所思，未必全能存真。而真者亦未必皆能入诗，皆须入诗。有照片亦可以存之一瞬。因是走马观花，组诗并未反映河西走廊存在的问题，并非粉饰，是不知也，或知之不深也。又查百度，此方面信息甚多。不过，青海大通县的工业污染、西宁市的雾霾，还是让我心惊。

一

廿六年前研究生，敦煌故事颇懵懂。
而今温故方领略，国破伤心处处同。

二

莫高壁画幸犹存，四万卷经四散分。
绝学敦煌惊世界，他生愿做补苴人。

　　自注：敦煌壁画、四万卷经卷的命运与近代中国的命运一样，
令人伤心。1987年年初访敦煌时一无所知。

西北行（组诗）之二

初访鸣沙山、月牙泉（二首）

之一

赤脚登山头一遭，细沙温热童心潮。
绝顶四顾皆图画，落日月牙最妖娆。

之二

逶迤驼队余晖里，恰似当年商旅行。
夜幕难收游客意，月牙泉畔灯火明。

咏雷台一号汉墓出土铜奔马

郭公一语息群争，马踏飞燕太传神。
武威再次名中国，将争世界旅徽雄。

自注：郭公，郭沫若。当年出土此铜奔马，郭公定名为"马踏飞燕"。马蹄下面之鸟实为神风鸟，此出土物又名"马超神风"，不及郭公命名传神。此物为当代中国旅游标志，将竞争世界旅游标徽。

西北行（组诗）之七

民乐、门源二县油菜花外一首（二首）

从来菜花少入诗，此花看后陋规除。
连天金色间青色，挟地青山共卫持。
天幕湛兰闲云朵，清溪款曲学填词。
且将李杜神来意，重铸陶公归去辞。

自注：唐宋诗人，直到清乾隆皇帝，写油菜花的诗也只有十几首。其中宋人杨万里"儿童急走追黄蝶，飞入菜花无处寻"诗句最为生动有趣。今人黄梅有百首油菜花诗。

初见草原

平生未有草原梦，此后梦中尽草原。

地绿天兰毡屋白，云低山矮草天连。
牛羊成片有归属，河水清浅自向前。
洗尽城中拥挤意，人生放牧地天间。

自注：看到牧民生活，城市浮华、拥挤可以休矣。当然，这与青海省政府退牧还草的政策有关。

西北行（组诗）之八

青海湖吟（四首）

一

车过一程又一程，前方未见湖影踪。
圣湖大道映眼底，灼热童心暂安平。

三

湖边小坐品香瓜，湖水更比天色蓝。
细浪轻揉沙岸静，借得浮生半刻闲。

自注：赖友人驾车来此圣地，享半刻清闲。

四

沙岸平缓湖水清，脱鞋绾裤效儿童。
摸得彩石六七个，带回斑斓海湖情。

重庆行组诗

小序：12月7、8两日，顺道参观了重庆世界文化遗产与自然遗产景观——天坑、地缝。归家后作小诗数首，聊抒胸怀，以志此行。

大足石刻

本是布施物，翻作教化箴。
千年风雨后，犹利当今人。

天坑（一）

俯视天坑欲断魂，电梯直落逗童心。
看台左右皆图画，又向洞中觅道人。

天坑（四）

黑龙桥下风景殊，天雨散花满地诗。
一线泉丝珠串玉，描天绣地不缝衣。

地缝（一）

地缝之门只寻常，电梯落地即风光。
万溪合奏凡心静，小径幽深湿透凉。

地缝（二）

顺阶而下逐溪声，瀑布当空迸石中。
俗虑随波翻作浪，清歌一路随人行。

甲午樱花绽放偶感

又是樱花绽放时，报于校友可曾知？
万千浪漫成追忆，花样年华可有诗？

晨起感怀（武大校园）

昨夜樱花雨，诗红满地流。
流到江湖去，惊起片片鸥。

附英译

Last night，it rained
and petals fluttered softly down the lake.
The birds looked up
and wondered. Gentle cherry blossom rain.

Translated by Donald Stump

无题

年年樱事总撩人，不老诗心扰梦魂。
一瓣落红寻常事，也惹思绪起纷纷。

黄石黄州行（4月18—19日）（二首）

一、18日夜携妻与卫华、元青磁湖畔慢步

四月磁湖春意浓，师生慢步有蛙声。
谈天谈地谈人物，时有时无樟树风。

二、19日午黄州江边鱼餐归汉小记

大江东去深流静，拍岸惊涛杳无踪。
廉政新风稀食客，私人小聚添真情。
江鱼江水坡公趣，麦地江滩杨柳风。
也效先贤处世意，归来草赋黄州行。

神农架—巴东行组诗（五首）

小序：7月16—19日，随同李晓红校长自驾游神农架、巴东县。此行为AA制，当为新风。三位院长，一位副院长，校办主任，再加宣传部副部长，共七人。

其一 自当阳至神农架掠影

平民校长李晓红，自驾新车游神农。
一路山峦都入画，绿风碧水草虫鸣。

其二 神农架一宿

神农空气有芳馨，草虫喓喓洗客尘。

偶放啸歌振林木，浮生半日学仙人。

其三　大九湖晨雾

九湖晨雾最神奇，幻若仙子霓裳衣。
剪入相机诚碎片，要知美妙君前趋。

自注：大九湖是神农架高山冲击小平原上九个大小不等的湖
泊，最美是清晨云雾。

其四　大面山雨后看巫峡风光

雨后巴山分外青，巫峡夕照赛蓬瀛。
金光万道穿云出，亦幻亦真画里行。

其五　赞巴东一中宋校长

万重山里耸一中，千万山伢有前程。
携手擎起希望炬，代代巴东有救星。

美国之行诗作（2014年10月22日至29日）之一
芝加哥大学简帛会议有感（三首之三）

其三

简牍苑囿景观奇，隔季风光具备之。
老树秋深累硕果，迎春初放俏新枝。
迷宫初入无方向，小径通幽有妙趋。

陈夏二公情意厚，他年长忆枫红时。

自注：陈夏二公：陈伟，历史学院院长。夏含夷，美籍汉学家，芝加哥大学教授。

美国之行诗作（2014 年 10 月 22 日至 29 日）之二
夏威夷参观 Manoa 瀑布路上所见所感（四首）

一

秦皇无奈不逢时，漫求蓬莱未果之。
而今我在蓬莱上，片片白云可写诗。

二

连绵别墅青山下，路路连通处处花。
狗吠桃园思绪远，人间仙境两无差。

三

古树参天湿气清，乌云界外处处睛。
天蓝似海倾空下，一路溪声傍耳行。

四

纤纤瀑布凌空挂，白练一丝岩上弦。
请问弹者何姓氏，玛诺哇岛一神仙。

美国之行诗作（2014年10月22日至29日）之三
安乐哲先生家宴图

临窗远眺太平洋，墨水青云盈画框。
夜幕徐张灯万盏，烛光摇曳酒流香。
席间欢语英兼汉，厨下英雄艺无双。
此情别后成追忆，帘外潺潺流水长。

忆阿克苏机场沙枣花香寄赠郑国林书记

车到机场味更浓，沙枣花意与人通。
小诗赋就赠书记，五月香风处处情。

塔里木—昆岗古墓行

昆岗古墓远溯四千六百年
黄发犹存新谜添
残存棺木两米八
高大尸身两米二
青铜玉器颇精美
麻织双鞋、小罐更爱怜
姜姓原是一支羌
姥羌、氏羌又马羌
诸羌均与商周邻
华夏子孙亦羌人
黄河、长江母亲河

塔里木河祖母河
天山昆仑夹盆地
华夏源头在此处
悠悠西域太多情
不肖子孙实伤心

新采桑子

桑树高高桑叶肥
桑葚累累味鲜美
桑风习习远思绪
桑间濮上采桑女
采桑女子颇无忌
路边采吃好欢喜
旁若无人自家地
桑木本是江南物
塞外安家越千年
桃梨稻牛诸物种
皆是塞里塞外迁
丝路化雨润泽广
西域内地本相连
可惜承平六十年
南疆历史已如烟
神奇土地神奇事
华夏文明在此生存发育已逾六千年
常人只知有张骞

温州—雁荡山行

小序：八月一日至七日，温州—雁荡山行结束，了却多年夙愿。此行首赖天助，一周晴日，八日后台风即登陆。次赖邦金精心设计路线，卫华、传华、海亮高情赞助，或携家眷，或离亲人，诚可感也。尤赖邦金岳父母大人慷慨，才有鳌江镇豪饮，六日邦金家丰盛午餐。豪饮非关酒量，在乎酒之质也。酒之质岂在茅台，在乎茅台三十年也。此行之乐，既在山水之间也，也在闲谈情谊之中。家有难经，旅游中交流念经心得，此即游世也，亦游心也。阿宝、孚悦，为此行增添分外情趣。岁月既久，或可追忆也。言不尽意，以诗为史，不计辞之工拙，诗之格律也。

之一　温州—雁荡山行

未知江浙已知山，雁荡美名霞客宣。
小聚亲友温州市，一山一水续情缘。

之二　剪刀峰—大龙湫—方洞游后小住山庄

初遇剪刀游兴惛，大龙湫水动颜容。
潺潺瀑布从天降，化作雨花碧玉中。
方洞途中处处景，索桥左右悠悠风。
饭后漫谈山路月，最是人间一等情。

之三　楠溪江

楠溪溪水浅而清，游客无心脚步停。
小鱼小人小戏笑，也忘人间有纷争。

之四　桅岩碧涧游泳

桅岩峰下有碧涧，小筏为舟可流连。
更有水中游泳乐，也思贤圣舞雩篇。
洗心洗肺灵魂净，游水游山情谊添。
家眷同怀山水乐，童稚或忆在他年。

之五　岩头古村丽水街

岩头古村丽水街，临溪商铺逶迤排。
商家依旧生意去，游客更新可重来。
溪水清清能为镜，山风习习可抒怀。
童声呼应奏天籁，绽放蔷薇蘸水开。

之六

海上仙山南麂岛，游人络绎居民少。
两餐遍尝海鲜味，一夜便知仙人好。
楼上清风消暑意，云边明月示天高。
海里游泳添想象，岸上戏沙去烦恼。
此行多亏有阿宝，天真无邪任撒娇。
小孙倔犟诚可爱，童稚未去羞带娇。
可惜东岸兴未尽，炎炎烈日游趣消。
归来目睹渔村状，思绪万千如海涛。
我等本是农家子，也作游人任逍遥。
以海为田诚不易，环境污染代价高。
天地无情人有意，愿为渔民作祈祷。

之七　南塘余韵（8月7日上午）

温州城内有南塘，河水悠悠到瑞安。
河道蜿蜒还照旧，河心早已无帆船。
游轮不畏风兼雨，游客更喜景破窗。
登岸逛街走小巷，温州古迹可佐餐。

孔学堂杂感

　　丙申夏公历七月十五，应武大与孔学堂之约，入住一月有半，同行有诸生王、姜、黄三位，朝夕相处，晨练放歌，晚饭后漫步，十里花溪，人间仙境，诚不可多得也。八月初，内子前来，又遇华东师大诸友，济济一堂，更加和乐。今朝离别，小诗八首，略表心絮，或堕或扬，随时也。是为序。

一、大成精舍

大成精舍神仙地，十里花溪一字裁。
数亩荷塘环绿道，莲香淡淡梦中开。

二、溪边钓者

曲曲花溪静静流，岸边钓者情悠悠。
闲来钓得水中趣，绿水清风可散愁。

三、师生晨练

花溪湿地好公园，芳草香花在在鲜。

漫步溪边常吊嗓，师生相属乐甜甜。

四、溪上回廊

溪上回廊四面风，溪中倒影伴晨星。
夜观明月双峰凹，任你无诗也动情。

五、临别留影

十里花溪十里景，溪流长水水长清。
两岸青山留倩影，芦花瑟瑟离别情。

六、稻香记忆

初至稻花香正浓，而今稻穗黄中青。
明朝别后常相忆，溪上清风晨练情。

樱花迷路

　　小序：今年暖秋，校园樱花错季开放，虽是稀稀几朵，昨日午凉近寒，故即兴抒怀。

同为暖风不是春，樱花迷路好心疼。
送君归去诚无计，岂止崇山一万重。

夜行所见有感

小序：丙申九月十六，西历十月十六日晚，师生、好友一干人为泽绵君暖新居。饮酒饮茶至深夜归。正值雾霾渐散，月色渐明，直至晴空万里，碧海青天。故即兴赋诗以记之。

明月当空夜静深，星光暗淡了无云。
暂赊夜色与君看，翻念人间早睡人。

陈炎钊的诗

　　陈炎钊，男，1963 年 2 月生，1979 年就读于武汉大学（原武汉测绘学院工程测量系），任职于浙江省测绘局。业余喜欢写旧体诗练书法。

祥云满浙江

杨柳依依兮蝉语，文溪潺潺兮鲤游；
野枣垂垂兮连枝，瑞兽祥云兮神佑。

记校友活动

山有木兮山可知？我望云兮云远移。
若云集兮上龙井，热干面兮下珞珈。
泊泊龙井，有乐有嘉。
碌碌我辈，有廓有家！

余仲廉的诗

　　余仲廉，1963年6月生，湖北石首人。诗人，作家，书法家，慈善家。武汉大学校友企业家联谊会理事，武汉大学校董事会董事，湖北博昊济学基金会理事长，武汉武大创新投资有限公司董事长，武汉博昊投资有限公司董事长，著有《行悟人生》等作品。

品人生味四首

一

抛下人间事，关上大千门。
寻个风景地，卧看云率性。

二

何是幸福味？找一静僻处，
斜身墙角睡，把太阳晒醉。

三

觅几本老书，闻闻墨香味。
找个同路人，慢慢聊心翠。

四

煮一壶普洱，尝尝发酵味。
洗洗肠和胃，祛除些心秽。

登宝通寺塔有感

年轻气盛论短长，晚归长短齐夕阳。
求得人生万般有，哪样能随涅槃去？

性起缘空

轻风徐徐拂心秒，静听蛐蛐声声醉。
众鸟归林入梦乡，参透尘念道影现。

劝友人

薄酒那堪晚，秋风莫待寒。
当乘明月在，且就彩云还。

孝子与慈母

儿到母亲前，母喜不待言。
苍苍白发人，恍然作少年。
紧握小儿手，又看又抚摸！
问长又问短，问媳又问孙，
全然旁无人，转瞬两时辰。
朋友几番促，相约时间到。
孝怜慈母心，身立脚留人。
相别百余步，母声耳边追。

忆儿时伙伴相聚

浓茶杯中斟，酒菜桌上满。

珍馐宴伙伴，衷肠倾岁月。

沧桑世事叙，争先恐后言。

且饮且抒怀，忧乐各参半。

岁暮叹春秋，倥偬忆少年。

炎凉伤世态，童趣乐开颜。

梦想惜成影，年轻愧无知。

韶华负青春，不知勤学早[1]。

过往已不谏，来者尚可追[2]。

明了人生意，功名非利禄。

俯仰皆浮云[3]，平淡是真福。

知足自常乐，当下最可赎。

注：①"勤奋不知早"，唐代颜真卿的《劝学诗》，"黑发不知勤学早，白首方悔读书迟"。

②陶渊明《归去来兮辞》，"悟已往之不谏，知来者之可追"。

③王羲之《兰亭集序》，"向之所欣，俯仰之间，已为陈迹"。

秋思

菊园赏月步徘徊，遥忆东坡误黄犬[1]。

散尽金叶铺满地，随着寒雪融入泥。

草木四季一轮回，只盼来年报春晖。

人生韶华容易逝，黑发儿郎转眼翁。

姹紫嫣红皆植味，忙碌无为非人生。

莫待他日后悔迟，劝君惜取当下时。

勤奋耕耘人生田，暮归回首霞满天。

注：①王安石写了一首诗，诗中有"明月当空叫，黄犬卧花心"的句子，苏东坡想，明月怎能叫呀，黄犬又怎能卧在花心里？于是，他提笔改成"明月当空照，黄犬卧花荫"。他不知道，诗中的"明月"是一种鸟的名字，喜欢在空中一边飞一边叫。"黄犬"是一种飞虫的名字，它夜卧花心。

花儿心

花朵芬芳展艳丽，时光羡慕嫉妒恨。
邀约太阳来灼烤，鼓动风雨去摧残。
风刀雨剑严相逼，鲜花凋零无处寻。
谁知落花却有意，以德报怨花之心。
化作枝头硕果生，聊表时间抚育情。

情至初心

妙年同桌时，爱意藏心头。
几番想宣秘，怯怯难启齿。
偶写一行字，夹在书中里。
忽然春风至，吹露纸上意。
四目相对视，面羞桃花红。
低头不言语，翻书掩心犀。

释然

遥望山坳一茅棚，近瞧棚内两老翁。
你来他往频频饮，似醉非醉乐其中。
忽见一翁起身舞，一翁引吭把诗诵。
太阳穿壁作灯光，芦荻乘风奏籁符。
惬意人生原这样！何须贪婪求无穷？
眼前场景释胸怀，豁然开朗天地宏。
明了世间多少事，雪泥鸿爪难觅踪！
率性快乐是真谛，且就当下写人生。

半夜登泰山[①]

心怀立顶迎红日，半夜奋起泰山行。
唯恐行程长于时，一路疾驰步匆匆。
未到半山脚乏力，亦步亦趋千斤重。
默念祈祷望泰山，众山唯尊励人行。
意志坚强步不停，誓言皇台观日景。
会当泰山凌绝顶，放眼天际穷苍岭。
心潮起伏涌巨浪，浮想联翩随云翻。
是是非非长河里，茫茫人海山水间。
指点江山风流人，叱咤疆场将相侯。
弹指挥手一瞬间，多少英雄付笑谈？
巍巍泰山依旧尊，引得帝王竞封禅！

注：①暑假期间，带着儿子和他的几位同学来到泰山登山看
日出。我们一起商定半夜十一点出发，用六个小时攀登，早晨五点
到达，肯定可以看到五点三十分的日出。按照计划登山有感而作。

幸福人生

心之所往居田园，耕读江湖山水间。
依山傍水斜柳处，向阳小院造几间。
前后宽阔有晒场，夏日乘凉清风爽。
屋后西北树参天，挡风遮雨抵严寒。
正北竹林茂山坡，葱翠郁郁至东北。
门前柏杨绕晒场，四季果树花争艳。
屋西池塘鱼跃浪，白鹤黑鹅随波荡。
草丛鸡鸭啄虫忙，溪边幽径通山上。
荫护道旁姜吐芳，芳味之中裹兰香。
东边梯田连平川，放眼揽物天地旷。
赤橙黄绿青紫蓝，层层叠叠美如幻。
南边河流如银带，缓缓曲曲湖中串。
两岸十里一村庄，无限延伸东南方。
日落而息日升作，千年不变昼夜转。
我来此地居俗改，无倦也睡日三竿。
慵懒侧身把眼揉，伸臂扭腰慢起床。
院内庭前信步走，吐故纳新轻嘘柔。
左看右瞧养养目，甩手抬腿扩扩胸。
柔骨活筋松松体，调理身心养精气。
全凭习惯自然停，回屋洗漱早餐烹。
红枣莲子银耳汤，咸菜盐蛋萝卜羹。
一盅一碗调味料，早饭吃罢换茶盅。
泡上一款前清明，除却浮尘洗首冲。
身躺几①边摇晃椅，闭目养神鼻哼曲。
不时随手拿茶壶，来去收放尽自如。
似品非饮有云雾，闲情雅致静心笃。
曲茶双韵舒畅逸，精神怡爽踱门去。
顺披粗布宽衫衣，脚纳棉底千层履。

随手旱烟袋拿起，行至门边一声走。
告知等待伴行狗，穿过屋前大晒场。
靠右迈步七来丈，踏上乡间曲径长。
左看小溪弯弯淌，右瞧庄稼绿油油。
走马观花心悠悠，犬行人之忽前后。
行至本家田地头，不由自主把脚停。
放目四处悦苗葱，面堆笑容甜如蜜。
好坏庄稼任其意，收成多少无忧愁。
禾间杂草凭心留，耕种时节挖几锄。
农活和着歌儿走，未到冒汗收了工。
昨食饭馆留明日，换家酒肆去过中②。
荤素搭配三两样，有朋无朋喝几盅。
似醉非醉筷一推，凉亭曲肱把觉睡。
下午时光随缘陪，琴棋书画满天吹。
美国英国各是各，国事家事无是非。
笑谈古今英雄者，评论天下话题热。
无止无起无上是，无对无错无谁非。
只待天空太阳斜，趁日西坠踏霞归。
一路走来一路唱，管它北调混南腔。
哼完渔鼓哼济公，哼意未尽到家门。
收前扫后忙一阵，红阳落山霞无垠。
六畜进窝排成队，菜味米香诱胃肺。
稍有饥感想进餐，就闻丫头唤吃饭。
放好帚把洗把脸，上首翘腿拿筷碗。
妻室儿女满桌围，欢声笑语乐津味。
睡意三分来临时，各自洗了各自睡。

注：①几：茶台或茶桌。
　　②过中：方言，指在酒肆吃午饭。

116

赵阳的诗

　　赵阳，1963 年生，武汉大学哲学硕士，现任武汉当代金融控股集团有限公司副总裁，诗人，艺术家，作家协会会员。

游黄山始信峰

极目烟波远，松花带雾飞。
断壁沉峰底，石岭绕山回。
冰絮风中舞，青竹浪里垂。
水墨留月影，妙笔走诗归。

游青城二首

青城绿水绕山南，寻径登高一扪岚。
无数鸣蝉正高亢，飞来天雨意尤酣。

一路风声贯耳边，松涛荡似水溅溅。
二三雀逐翩飞远，落处青枝袅白烟。

汪晓清的诗

汪晓清，1965 年 2 月生，武汉大学历史系 83 级、中文系 84 级校友。武汉大学《写作》杂志编辑部主任、中国写作学会副秘书长，漫友杂志社社长、总编辑。撰有《武汉赋》(与夏斐合作)等。

珞珈赋

两江会楚，乾坤并纳；一山何高，英华尽收。岁月莽莽，铺排多少壮美？学子莘莘，怀抱一块珞珈。江山有待，到此处，钟灵以毓秀；风云际会，数斯地，得天而独厚。镜湖枕山，襟江带汉。高山流水是家，白云黄鹤为友。大江大湖兮，涵蕴博大之境界；美轮美奂兮，化育最美之校园。大师云集，楚才唯有。指点江山，江山开新宇；激扬文字，文字涌巨澜。薪火传不绝，远空动歌弦。总揽文章之星斗，尽挹江汉之绚烂。自强弘毅，斗拱飞檐勤护佑；物外桃园，顶天立地又何妨？

有山皆荣，无水不秀。缤纷世界，学府班班，唯我珞珈，人道是：最美校园。此处也，人与物，融融泄泄；山与水，泄泄融融。置身都市，嚣尘何染？奇岩层现，冈峦满园。旭日升兮天幕开，峰朗润兮楼翼然，倒影太虚涵。触目琳琅，一湖碧水绕；无限风光，倾囊珞珈山。舒妙境，山势之迂曲；运匠心，馆阁之萦回。曲径通幽，无妨失路；逸梅迎人，何处不逢？谷风习习，起于诗经；古木苍苍，翻开春秋。经纬以之日月兮，敷衍以之烟霞。万紫千红拾级上，岁岁光景，接力传春讯；雕梁画栋次第开，条条道路，竞相输画图。无愧文物之重点，中西合璧；堪称生物之乐园，琼瑶有依。当漫山遍野，金桂点亮，赤子皈依，把青春安放；或天高地远，冻云伏波，木叶尽落，将朴素珍藏。异鸟时鸣在幽径，红枫欲燃映高旻。河山莫负，樱花树下，风帆悬，远航满载青春；光阴不待，古城堡中，骊歌疾，胜处守望理想。

春秋兮代序，风雨兮苍黄。天降大任，根于自强。烛暗夜，发先声，作精芒。有蕴藉之浑厚，秉神韵之绵长。凤凰始鸣，飒尔风生。骑毛驴，遍访山水，筚路蓝缕遇形胜；趁诗情，托付浪漫，玉汝于成得佳名。苦海东渡，风雷烈烈，一窥中国之进步；乐山西迁，铁骨铮铮，再亮华夏之精魂。架彩桥，接国际之轨，取信于牛津；铺路石，擎改革大旗，譬之若深圳。丹心已化碧，六一亭内；御风而图南，鲲鹏像前。别墅十八栋，人事有代谢；书山万千重，往来成康庄。欣合并，四校融一体；列前茅，盛名有其一。当清圆几处，莲睡池塘之将醒；每浅唱时来，芳杂书声之相闻。登高以抒啸，胸藏丘壑；临流而赋诗，更待何时！一方蓝天之上，飞过无数雄鹰；参天乔木之下，走过几多伟人。探索奥秘，置安危于不顾；心怀祖国，为真理而献身。秀美与刚健，构筑思想之宝库；钟鼓与呐喊，编织智慧之锦囊。华实蔽野，莘莘天下之桃李；胜友如云，耿耿五洲之丹心。

　　当月照湖水，山剪银边；值歌声四起，酒已微阑。绸一样的东湖水，玉一般的珞珈山。夜兮，夜无眠。遥遥回首，迢迢归路。几度珞珈展舒，重返往日；多少游子瞩望，再回故乡。眷眷兮，珞珈审视游子，千回以百转；拳拳兮，游子审视珞珈，百转而千回。在山之巅、水之湄，在樱顶奥场，从不同角度，把珞珈打量；于天之涯、地之角，于五湖四海，在不同时空，把青春收藏。青春在此远足，青春兮不老；青春于斯欢聚，青春兮重生。珞珈之山兮，青春之山。紧抱珞珈，珍重理想。风来八面兮旗猎猎，水连四海兮潮汤汤。长江阔，楚天舒。到中流兮击水，强刚毅之体魄；于沧浪兮放歌，养浩然之精神。潮头勇立，何惧前路漫漫；云帆高挂，且趁浩浩东风。灯火兮熠熠，航程照亮；彩凤兮皇皇，九天翔翔。

　　噫！珞珈兮珞珈，怎不魂牵梦萦，唯愿长醉于此。

王新才的诗

王新才，男，1965年9月生于湖北汉川，1985年、1988年及1994年毕业于武汉大学图书情报学院（今信息管理学院），分获学士、硕士及博士学位。现为武汉大学图书馆馆长，信息管理学院教授，兼任中国图书馆学会常务理事，湖北省高校图工委副主任兼秘书长，教育部高校档案学学科教指委委员等。2000年开始旧体诗词写作，作品散见于《诗刊 子曰》《芳草》及亚特兰大《新报》等海内外报刊。

即兴

鸟啼高树杪，人坐晚风微。
心思如斜日，闲闲散落晖。

咏水仙

见素香偏馥，含羞韵倍妍。
绝知临水客，原是藐菇仙。

春晨

晴日透窗好，鸟啼惊梦频。
相思一夜雨，树杪寸痕新。

香槟处密希根湖以南，多云气，每成团飘飞空际。来数日皆白云成朵。惟昨日浩宇澄清，更无一丝云迹

云使常如朵，经天过自频。
乡书今欲寄，浩宇转无垠。

红梅

色破罗浮雾，香闻处士家。
惟缘心有梦，寒放一冬霞。

丙申夏日随感

但有蝉噪树，略无风到窗。
南柯未宜梦，蚁吼正弥邦。

端午夜湖边晚步

树杪明新月，临湖自放慵。
分波鱼唼喋，惊夜鸟于喁。
浮世磁杯酌，通途蛛网封。
还怜屈夫子，千载吊无踪。

节近寒露见木槿仍花

夏至见开鲜，秋分姿更妍。
不期朝蕣色，长映碧云天。
露重寒生夜，风飐肃噤蝉。
自宜身作盏，一醉拥霜眠。

咏拒霜

芙蓉生木末，秋晚绽繁英。
入夜飞霜重，凌寒荡体轻。
更无蝶来顾，每有雪相倾。
扛力色三改，唯临水更清。

咏菊

秋风改万色，惟菊叶青青。
不共高梧醉，但邻修竹醒。
瓣舒心上曲，霜塑世间灵。
无语南山下，苍苍看日暝。

久阴雨，午后喜见阳光

西风不肯柔，吹老一天秋。
雁阵云飞远，炉烟琴听幽。
有书堪下酒，无事莫登楼。
林际斜阳色，穿窗忽映眸。

丙申大雪前一日墨尔本会叶谢贤伉俪，叶自毕业即未见，与谢别亦廿二年矣

聚散每无据，难由人力占。
谁知卅余载，蚝试异乡盐。
万里随缘处，二毛循鬓添。
桉枝留夜月，别荡好风尖。

大雪日游大洋路

大雪大洋路，游人尽薄衫。
车沿海曲折，浪蚀柱孤巉。
欣富眼中色，憾无天际帆。
临风意高矗，不觉在尘凡。

五月初十晚步遗爱湖

饮至微酣兴未穷，曲廊夜步水生风。
拱桥闲立偶回顾，星似离弦月似弓。

乙未六月晦游好望角

惊涛欲卷古今空，云气低沉映海同。
天地之间人独立，荡胸一任两洋风。

车行青曲过汉江

风翻春叶白如霜，一水清清认汉江。
薄雾笼山斜日下，最苍茫处鸟飞双。

七月晦游鄂尔多斯成吉斯汗陵

手执弯弓立马骄，百行何似杀人骁。
临风莫讶崇宫宇，帝业千秋从未消。

七月初二访东林寺

出得西林访虎溪，白莲开处淡云栖。
松樟自是千年物，犹有虬枝向客低。

晚饮醉琼楼，为波士顿中国城名胜。车经海边，天净无云，虽十四夜，月升未久，圆明可爱

夜转清寒入晚秋，主人邀我醉琼楼。
无云天似衣除净，一月分明浴海羞。

丙申雨水惊蛰时节连日晴暖，雪樱竞放，早于通常花期半月。一日而寒潮忽至，风雨交加

粉白凝云一线温，随风烂漫自销魂。
忽而料峭森寒极，教认春光是雪痕。

五月二十游林肯总统博物馆与图书馆

万类生来共一球，谁教五色别离娄?
不容易得如平等，最必须争是自由。
木屋难支南北裂，身躯长伴古今留。
仁心恰似晨光暖，照我临风步两楼。

丙申立秋飞乌鲁木齐途中作，步迅翁《自嘲》诗韵

韶光去尽更何求，渐作心灰一老头。
暑酷惟思风北顾，柄斜应遣火西流。
人间有鹿皆成马，皇上无衣倍显牛。
今为稻粱苦奔走，望中千里已然秋。

丙申立秋后三日游北庭故城遗址

天山北麓古庭州，日照大荒边塞秋。
绿树成阴掩夯土，轮台牵梦觅封侯。

千年铁骑凭驰逐，万里云疆付旅游。
自有残碑遗像在，收之博物展层楼。

游开封府

千秋无不盼包公，为有强梁势若疯。
哪可回天施妙手，但能备铡炫愚瞳。
官难节制力皆横，权必鼎分民始雄。
府治森严闲莫入，纵悬明镜已灰蒙。

丙申冬至

晨雨凄其冷带风，沉霾湿雾暗弥蒙。
高阳远避南天小，寒叶频飞故国空。
心自欲如山不动，愁无奈似雪将隆。
稍欣漫漫深长夜，已孕梅枝万点红。

丁酉春见红梅正开随感

开遍梅花占尽冬，幽香偏是晚来浓。
月明曾照舞衣绿，梦冷恰惊眠雪丰。
有间江皋闲倚竹，无边心思远连峰。
忽看众鸟归飞急，云气弥天直荡胸。

水调歌头·二月朔天阴欲雨，校园赏樱

万里荡云气，卷涌一何佳。扶摇谁怒羊角？垂翼覆天涯。我有一腔思绪，因使随风潜夜，润蕾遍枝丫。惊觉梦中雪，映向日边奢。　　倾国色，再顾态，自无加。东君来去，弹指红锦换青纱。堪叹维摩病体，结习兼之未尽，不二问毗耶。最恨眼前树，不是那年花。

相见欢

黄昏聚饮渔湾，兴豪湍。唤得当年明月醉相看。　　情未了，人空老，但为欢。更倚椰风拍遍海阑干。

画堂春·立春后八日与父母妻女游东湖梅园

一湖鸥荡白莲花，飞招不下由他。入园梅韵透枝桠，盈袖香奢。　　随意而行小径，彩衣最乐生涯，沐风归看日驮鸦，有酒宜赊。

武陵春·咏玫瑰

春老新红闲映日，有美静其姝。隐发天光自透肤，一点内心朱。　　怜我今生多结习，着体竟难除。步遍千山意未舒。恰亦欲，曳风孤。

虞美人 · 四月十八应邀饮湖上

新荷出水尖如许，又见蜻蜓舞。好风吹畅九分怀，乍觉今年湖上是初来。　　座中莫道豪英少，只恨磁杯小。子规啼彻月升前，饮罢红榴如火照苍颜。

虞美人

今宵聚饮茅台好，浑欲三杯倒。霜林应现醉颜红，待我敞胸来受满山风。　　韶光一转都成昨，人在天涯各。诗心无处寄深微，况是秋凉将雨乱云飞。

浣溪沙 · 有赠

并世西风各自凉，略无一梦到蕉窗，忍看木叶散殊方。寻遍苍茫云在水，摊开心思月明江。有花不语落衣裳。

玉楼春

一样春来风似染，绿又嫩飘红更闪。最怜枝上歇黄鹂，幽梦吹醒欣自喊。　　我忽涌愁云复暗，浓雨收时情转淡。蓦然怔怅望黄昏，月一弯牵星一点。

赞浦子·乙未端午晨闻鹃昏而雨

久已鹃声歇，今朝到耳浓。似在山之左，旋生树杪风。苦问苍天不语，遂投一水无踪。雨积千年恨，兹来洒碧峰。

望汉月·乙未中秋

红月透窗窥我，我自临窗枯坐。忽闻丛桂散幽香，漫自中人无躲。　谁抛千叠恨？高树表，阵风轻过。一年心思到秋浓，偏是夜凉生些。

浪淘沙令·冬雪

风舞一何佳，狂到枝桠。更挥云色彻天涯。惊起群乌栖不定，高自喧哗。　意兴晚来奢，绿蚁频加。却从寒夜听沙沙。料得江山遮掩尽，惟沁梅花。

浪淘沙令·登西塞山北望亭

又是一年休，寒气方遒。登亭乘兴试凝眸。霾雾重重遮掩尽，无限神州。　不语大江流，天地行舟。斜阳曾照万兜鍪。白鹭绕山飞不去，寂舞千秋。

清平乐·七月十八秋风

秋风乍起，吹万音声挤。木叶漫天飞不已，欲舞清凉久矣。平湖荡荡生波，红衣半掩青荷。总为压城云在，凭轩坐待滂沱。

清平乐·七月既望望月

月华如许，立任清光抚。方欲云霄施一舞，有鹤翩然高举。谁言往事星多，尽教沉底天河。不意无风此夜，满怀涌荡苍波。

蝶恋花·丙申腊月朔游广德寺

广德寺中银杏树，千百余年，阅尽人间暮。姿自轮囷龙隐雾，塔邻多宝金刚固。　　闻听安公曾所顾，四海生潮，为度弥天步。山晚笼云飘不去，我来偶作僧闲伫。

贺新郎

弃我韶光去，静无言，每思及此，恨生堪赋。况是一年行欲尽，时正大寒初度。方屋后，千梅争怒。曾折幽枝香浸手，忆小园雪掩黄昏路。晚风发，恰如诉。　　绿衣漫向空林舞，待醒来，参横碧落，岭封重雾。一望澄江清波涌，情思应无所住。唯四下，鸥飞无数。总待名山藏事业，怅千秋都在其中误。日暄暖，莫辜负。

高立志的诗

高立志，1966年2月出生于江苏丰县。1988年毕业于武汉大学英文系。一级建造师、PMP。毕业后从事国际经济技术合作22年、房地产管理5年、国际贸易与境外投资管理2年。

热爱文学、音乐，在武汉大学学习期间，参加外文系、英文系雏凤诗会，创建绿野文学小组；参加校园歌曲创作，曾获1986年首届金秋艺术节最佳创作奖，发起成立"校园歌会"。毕业后除参加工作单位所在系统诗歌创作比赛外，中断文学和音乐创作十余年。2005年起开始在业余时间创作现代诗歌和古体诗词。歌曲《春老》《情殇》选入《珞樱1980S》，并与其他三首歌曲选入《武汉大学校园歌曲三十年精选集》。

七律飞瀑

万丈青峰誓指天，银河顿溃玉垂帘。
浮云草芥虚空意，碧浪清流壮丽篇。
虎啸长歌千鸟醉，龙吟婉章百花妍。
何知鬼斧神工妙，仰视山巅内圣贤。

五律清泉

源溯地天开，山川形始裁。
动灵辉日月，静道漠尘埃。
诗意柳风岸，琴心涧雨台。
清流千古事，影鉴鬓霜白。

五绝寐

横身十丈野，薄雾正迷离。
月照轻纱破，涓滴润小诗。

五绝重阳杂感

其一

九九孤独客，他乡意晚秋。

举头呼北燕，代我寄离愁。

其二

登高重九日，万念俱将抛。
唯见霜秋叶，随风絮絮飘。

其三

黄花满地秋，金酒上眉头。
独坐斜阳里，横穿万世愁。

其四

晨霜惊浅梦，怏怏恨啼莺。
昨夜故园里，黄花几飘零?

春社

诚虔春社日，掬泪祭花池，
拳拳一生愿，剑剑万年枝!

柳枝词华年

风情已老见春花，寂寂愁思叹韶华。
今夜街头醉孤客，明朝天际升云霞。

行香子·秋月夜

月色溶溶，愁绪浓浓，近楼台凝露重重。繁花落处，幽梦成空。羡巫山云，巴山雨，黄山松。　　春花烁烁，秋月朦朦，心如水意染丹枫。鬓霜发雪，难改情衷。浴一时雷，一时火，一时风。

鹊桥仙·七夕

今夕肠断，明朝心碎，银汉泪洒无数。多情含恨怨天寒，直教人，红尘空误！　　卿情如昨，我心如故，何奈屏云散去。可怜天意寄昏沉，于别后，相思朝暮。

南歌子·（新韵）和文友

便剪彤云袂，临风化玉蝶。飞花小院气高洁，把酒堂前谈笑日西斜。　　瑞雪丰年愿，寒枝旺岁结。明朝快驿送诗帖，遥顾小窗娇和曲千迭。

点绛唇·暮秋

寂寞红尘，西窗孤影愁如许。残英秋暮，梦转归何处？难耐清寒，罗裳凭栏舞。浓浓雾，又重重露，遮断天涯路！

诉衷情·思妇

枯叶凋零心亦秋，冷月照离愁。疏星点点遗恨，露重意难收。　　双枕畔，黛眉头，泪成流。铅华残却，宝髻懒钗，直目帘钩。

乌夜啼·烟雨情

霏微轻笼荷塘，柳丝长。情意悠悠循岸几彷徨。　　捻纤指，弄娇蕊，嗅荷香。俯首欲说心事泪成行！

鹧鸪天·和松文友

苦赋新曲寄小楼，小楼窗下丽人愁。香风摇动帘钩翠，遥夜平添落叶秋。　　情立桡，梦催舟，长河迢递莫回眸。枕前泪共阶前露，便叹仙缘不与修。

十一居士的诗

　　刘鲁颂，湖南人，号十一居士，意为住在北京东四十一条胡同的男人。1967年1月出生，1989年7月毕业于武汉大学中文系，2009年获北京大学公共管理硕士学位，公务员。

悼亡

野草萋萋瑟瑟寒，一抔新土共青山。
斯人虽去忧仍在，健笔由来耻苟安。
坎坷从文千万字，哀思作挽百余联。
相濡以沫痛失伴，阿母孤悲最可怜。

ICU

护士急呼叫号床，陪人惊立满连廊。
阴阳端赖几针药，生死只隔一扇窗。
名利皆求何苟苟，灵魂欲问却茫茫。
南山缭绕佛堂上，谁付安康数炷香。

除夕

端坐几前独对茶，窗南窗北尽烟花。
人间欢聚除夕夜，孤旅绝学往圣家。
馔玉不足长醉饮，闲书岂止片时狎。
寒衣守岁莫辞冷，许我明朝看早霞。

除夕

尔来半百除夕夜，一岁一年人各殊。

忍看惊鸿痕迹少，猛觉逝水此生浮。
亲朋携酒皆白发，杨柳扶风又复苏。
四望轻烟弥瓦顶，万家灯火尽祈福。

乞丐

残羹莫捡剩杯盘，容我赠君一百元。
瘦骨美食香惹恨，薄衣温室暖生怜。
饥肠怎耐薯条细，空胃难消可乐寒。
尚有余钱须忍住，天涯沦落度新年。

遇友

往事悠悠绕子衿，青青子佩不嗣音。
悬冰化乳点滴意，美酒封坛陈酿心。
岁月如增多世故，情怀若释怎销魂。
问君别后曾安否，但取旧诗轻诵吟。

采桑子·夕阳

　　疏林寒彻冰河岸，冷了夕阳。冷了夕阳，如坠熔金，斜影似
愁长。　　兴衰何涉书生事，总也牵肠。总也牵肠，无语言说，
天地正玄黄。

相见欢·长沙

此山此水重逢，却朦胧。暮雨难消朝雾忆晴空。　　纵执手，更欢语，与昨同。偏是疏狂如许逝如风。

昨夜

浊眼昏花看惯尘，华灯初上竟灼人。
更堪风净无云夜，独自徘徊对月吟。

五十自题三首

一

曾订百年君子约，而今挥霍半清结。
怀生渐晓身先老，向死方惊梦未觉。
名士荒唐皆率性，真人寂寞自成谐。
秋风最解此时意，落叶铺阶一径斜。

二

韶华易逝永为别，前日赋诗意未绝。
渐朽老身安此命，初成小女志于学。
杂书潦草徒开卷，琐事颠顸幸自谐。
不历沧桑终是浅，腊梅斗雪始成杰。

三

碧水云空色黛青，月珠凝魄气含精。
阴差阳错因缘故，往事前尘隔世情。
穹盖宽庐心愈渺，寒衣紧裹志仍清。
掉头遥望西天里，喜有孤星一点明。

望云

快意驰骋莫若云，恣情飞洒满天鳞。
但除思虑灰霾去，便是澄明旖旎心。

丙申腊八

霾重天黑不可留，清新须上百层楼。
三生有幸十年壁，五味暖心一碗粥。
风雪寻诗得自乐，穷斋问道为人愁。
但余脚力莫伏枥，赢取老来半辈羞。

MASTER

大师凭地露峥嵘，虚拟江湖起旋风。
高士成名非侥幸，丈夫对垒耻虚荣。
英雄俯仰五十战，黄榜狼藉半寸功。

端信此局为鬼设，人机智慧俱天工。

晨雪

昨夜孤灯坐，不知雪漫飞。
轻烟和雾重，远道印辙回。
泥泞天涯近，蹉跎游子归。
长驱一万里，岳麓此风吹。

金橘

问讯南国人梦觉，岂因忙碌误年节。
金橘经岁知春近，空室无人犹自结。

滴滴

滴滴久候下单难，瑟瑟一痴独立寒。
过尽千车皆不是，无端流量费三番。

欢喜坨

莫以平和便侮之，轻狂最是少年时。

每逢不忍抱怀笑，和血抄经揬砚池。

青笛

竹膜白素应青笛，吐气如兰振绣衣。
非是平生当婉转，发自肺腑自真奇。

弓弦

多情莫过此弓弦，一束白丝万念牵。
窃问平生多少事，摩挲未尽泪垂怜。

入山（平水韵）

总将忙碌当休闲，忘我轻尘便入山。
待赋新诗羁绊处，心神已到水云间。

过黄河

烟树平川远静庄，新乡过后便安阳。
黄河一渡又千里，左右不离皆麦秧。

骨笛

一支鹤骨作横笛，不羡霓裳慕羽衣。
古律当非借四孔，入髓声调曲音稀。

洞仙歌·长沙

一城迷雾，断楼阁无数，暗绿香樟眼前树。倦归人，懒洗昨事前尘，风烟里，廓外山重水复。　　人生多辗转，已惯漂泊，谁道潇湘总如故。叹岳麓层林，古井白沙，都不在、离别津渡。纵把酒相逢忆当年，又箫管声声，弄梅三度。

机场工地

吊塔如林土若沙，工棚低旷远人家。
白杨黄叶风吹尽，芦苇苍头犹似花。

圆月

应是昨宵风骤寒，枯黄满地叶堆怜。
疏枝兀立正萧瑟，明月偏逢今夜圆。

周末

人闲周末日，鸟羡自由天。
波动河边柳，云停岸上轩。
洒金银杏扇，披翠绿萝烟。
向晚思遥夜，月弦断素娟。

临江仙·忆昨夜访淙沅寓所

　　小凳矮几邀美酒，吟诗更复调琴。丈余陋室好回音。千折难改志，百转寄情深。　　乘兴电传重引友，看谁满腹经纶。一时高调恐惊邻。今宵人且去，他日飨诸君。

许振辉

乘醉狂书抱纸眠，许郎清骨似谪仙。
兴来疏笔写绝句，梦里传余索酒钱。

为《诗刊》创刊60年作

一刊命运与邦同，万里江山史诗中。
曲水流觞传大雅，井田阡陌采国风。
伤花岂止悲春逝，感泪无为悟性空。
健笔题名遗世立，青崖耿耿入云松。

说诗

吾心感物非择时，歌咏不足舞蹈之。
循律何必拘古韵，通情便是洒脱诗。

夜行悟道

眼倦反觉秋色新，神疲愈显月清人。
有为器利无为用，亲历方知古道真。

机舱望月

万米高空望月明，精光入魄彻天青。
寻常难解此中意，刹那孤心不可名。

忆游岳阳楼

洞庭波淼水天愁，芦苇白花满目秋。
纵使诗书石刻尽，不识一字过湖鸥。

丙申重阳

重阳晨至信如潮，携酒插话欲登高。
遥望茱萸烟瘴里，当为痴者梦中烧。

阙月

无语盈盈月半边，树梢檐角影垂怜。
蓦然巷口通天处，如是故人默对间。

秋思（平水韵）

墙角疏藤挂豆荚，沿阶寂寞紫薇花。
远山葱郁深林里，应是清晖蹊径斜。

霾尽见月

天愁人厌雾霾重，举步维艰盲眼翁。
一旦风吹烟瘴尽，原来夜夜月临空。

观法乐作画

庸庸碌碌苦中求，数笔撷来江上游。
若是胸中有逸气，人生何处不轻舟。

读陈寅恪自书诗

自怜怀抱几人识，谓我何求真不知。
所幸些微读草字，但无甚解注名诗。
苦心孤诣埋书冢，绝色高情对柳池。
如若失明能自照，双眸且弃只为痴。

夜读

黄粱方煮待时熟，闭户偷闲读禁书。
风月皆成生死扣，痴言谁解寸心孤。

归家

秋雨横来乱似麻，星星点点满坪花。
引擎恒转归人意，水复山重是我家。

秋晨

沙洲芳树汇双流，江渚晨泊无数舟。
风也且吹云尽去，莫遮我月夜中秋。

中秋

经年拾梦偶回乡，月色无辜照客床。
纵是难眠空怅望，残荷万亩染秋霜。

见群中诸友辩诗口占此绝

品诗遑论古和新，名色相生俱我心。
君看如恒天上月，引人歌咏到如今。

步宋人程颢原韵赋得秋思

信是秋光胜醉容，日出云淡半天红。
沉思总恨学识浅，远望方知归路同。
自在从心须慎处，平和接物允执中。
霓霞烂漫迷人眼，不死文章老亦雄。

街边柳

披发如斯几近妖，临风摆舞更娇娆。
有情最是中秋月，切莫徘徊入此条。

秋晨

昨夜思眠未闭窗，换得秋气满屋凉。
清晨似醒非觉处，雏鸟乳啼一枕床。

过文丞相祠

文祠每过费逡巡，一杖繁枝化邓林。
坊壁俯察喋碧血，井天站望捧丹心。
愧无长剑尝忠胆，幸有明堂祀义魂。
可叹手植庭后树，犹悬青枣慰今人。

湘江即景

一带湘江汇两河，沙鸥结对掠轻波。
白云有意逐流水，争向君山青碧螺。

独处忽思放翁（平水韵）

春雨江南卖杏花，小楼矮纸草书斜。
别君千载同为客，除却诗心不是家。

入藏

星斗折符闪暗辉，一轮皓月照神堆。
千山静默如雄阵，凉气惊闻风马吹。

阿里

雪山雄浑入高云，号令一声气势森。
敌阵分明如指掌，出击只待上将军。

和田

今年二度进和田，万里长驱过雪原。
善战从来知彼此，经营筹划靠敌前。

昌都

夕照薄天云欲紫，山峦雄壮绿如黄。
边疆勘遍何辞苦，待旦枕戈卧战场。

过雅鲁藏布江

山南河谷汇急流，一路蜿蜒夹岸秋。
杨柳漫滩拂水暗，白云恋土蔽峰幽。
江中筏子单桨渡，坝上青稞万捆收。
雪顿佳节须几日，人间劳苦展佛休。

再过雅鲁藏布江

两岸旗幡十数家，一滩翠色笼烟霞。
映天流水来无处，依岭层云归有涯。
浅草薄施着暖色，格桑淡扫入秋花。
青青杨柳八千树，俱是文郎率众插。

黄昏鸟瞰黄河

寥廓云天令眼愁，无边异景不堪收。
黄河谁引穿针线，溢彩流光进日头。

为父亲整理旧作

赤子襟怀多磊落，逢人无事不能言。
一生意气徒文字，独自拈来总喟然。

高铁

槐杨作伴宜佳色，一派平畴绿衬黄。
赏景莫如高铁上，晴川百里映明窗。

坚哥来访

半秃头发腹便便，不忘轻狂曾少年。
棋子踌躇频扣手，吉他忧郁漫拨弦。
片言相左拔刀起，杯酒投机舍命捐。
老矣犹怀伏枥志，人非物是且开颜。

里约奥运会开幕日

趿鞋闲步出门去，沽酒三升入小吧。
独饮堪合今日意，归来乘醉赏桑巴。

丙申立秋

迟醒遗深梦，开窗纳雨凉。
啾啾啼鸟意，切切旅人伤。
天气濯山翠，落花催叶黄。
风烟从塞外，雁字渐分行。

立秋次日咏槐

顶上飞花剩几多，舞风枝叶但蹉跎。
流俗不转因躯干，入地虬根一似昨。

夜闻风雨

窗上初闻雨点声，时疏时密岂跟风。
须知滚滚惊雷处，惯是新机孕育生。

听吴彤吹笙

情至深时声转哑，更修谦抑作和音。
芦笙曲罢余长笑，只许痴心手艺人。

雨兴

缠绵雨兴未阑珊，檐泻飞流阶起澜。
云水疑生游子意，误将燕北认江南。

鸟瞰西安

莽莽秦川八百里，气息别具古都城。
可怜一带黄河水，翡翠丛中金铸成。

终南山

一入山中思致身，回廊曲径远俗尘。
乘风北去犹回望，葱岭千叠俱在云。

长安

意上慈恩寺，心游白鹿原。
吟诗皆雅韵，赏画尽山川。
芳草分泾渭，白云辨薮渊。
至今秦岭路，多少入长安。

涤非携家眷游京

聚易别难总不眠，同学携子话当年。
剪辑旧事成新趣，拾取朝花作老笺。
大笑自嘲称散客，轻酌对辩竞豪言。
且将今夜封坛了，他日取来赊醉颜。

晨思

晨庭雨后四合清，人未喧声鸟未鸣。
却恼微风难入静，驿心初定又思行。

石桥胡同

一门一户弄堂深，向晚徐行日日频。
木板遮轮防犬溺，藤萝上架取窗荫。
马扎对坐仨神侃，葵扇自摇独笑吟。
此处常得居士乐，雅俗与共尽芳邻。

读徐渭

偶尔读诗五载前，却题此画空白间。
原来一句惊心语，竟是平生苦难煎。

探病

病榻易滋生死心，豁达宜赋老庄吟。
疏狂浪子多无用，不若黄昏看起云。

和阗

和阗夏至色初佳，碧绿葡萄雕玉花。
南望昆仑仍不见，清晨户户扫黄沙。

天山

乘风御气越天山，广宇连云暗万川。
俯瞰雪峰如片羽，飘然四散入人间。

别友

自古决绝有几人，作别难免共沾巾。
临行万木风翻叶，欲诉千山雨暗云。
且费心思烹细脍，更除衣帽拭微尘。
何当再饮湘江水，兄弟欢娱慰此心。

朱小枝的诗

朱小枝，女，1968年5月生，河南省焦作市人。1986年就读于武汉大学中文系，1990年毕业。获文学学士学位。1990年7月起在河北涉县天津铁厂技工学校任教，达十余年之久。2001年考入天津师范大学研究生院，读古典文学专业，2004年获文学硕士学位。从2004年至今，任教于张家界学院。主讲古代文学史、古代文论课程。

沁园春·述怀

家在中原，似芥小村，我寄其间。感双亲恩义，视女如男。供我读书，德厚昊天。事而为人，学而为己，沉醉春风执教鞭。此职业，对朱颜青发，乐不知年。佳山丽水校园，喜书声琅然如鼓弦。盼芝兰玉树，生我学院；凤凰止止，无事溪边。我羡朱颜，富年富力，愿趁朝暾早着鞭。师亲悦，看莘莘学子，鸿渐翩翩。

大学校友微信发表大作余亦技痒作

2015年2月21日，是阴历大年初三。看到微信上校友发了一首自己写的诗，引来众哥们围观，指指点点的，勾起我作诗的兴趣。于是从下午日影斜斜照在阳台上的四五点，到黑夜落下帷幕的七点钟，成诗一首，题目就叫：《大学校友微信发表大作余亦技痒作》。

春来不采桑，夏至不采莲。
伊余何为者？舌耕廿余年。
讲勤喉易哑，读多眼缬花。
寡言偏执教，语默乖生涯。
曾是种麦女，也曾摘棉花。
父亡母健在，弟侄绵瓞瓜。
有妹归邻庄，慈颜常如葩。
愿知世人好，闻难心填咽。
字丑屡涩手，性憨常嘻颜，
思密不作茧，情多不采莲。
春风骀荡来，秋华复满眼。

丈夫勤如蚁，我亦不为闲。
何以结深情？鞋垫纳娴娴。
上有缠枝花，紫蕊四时妍。
所思在云台，亲情满故园。
所思在幽燕，爱女求学远。
忧思令人老，素发不可摘。
且复珍晚景，为霞尚满天。

周荣的诗

周荣，历史学博士，微信名：珞珈幽深处。1968年8月出生，湖北鄂州人，1986年入武汉大学历史系中国史专业。现为武汉大学图书馆古籍部主任，历史学院教授。主要研究领域为中国社会经济史、汉传佛教史。诗词创作主要于微信朋友圈自娱。

大寒节后植物园漫步

犹忆芳菲红满树，凌寒笑朵素如栀。
凡尘荡却坤增色，春意盈园我独知。

东湖绿道徒步

远山近水绿阴迁，霾散烟轻珞望喻。
湖在娉婷非在阔，梅香日暖似姑苏。

珞珈秋樱

素朵方才妆白雪，山樱又伴绛枫开。
秋深无处藏春意，疑是观音乘愿来。

丙申之夏

丙申之夏不寻常，一半温存一半凉。
朗日极光天象悟，湿梅透雨地轮泱。
芙蓉出水红莲宇，樱笋含春绿画墙。
三十年来华发短，多情惟笑珞缘长。

丙申汛期雨夜感怀

同在雨中不见泪，连阴苦叹雨天长。
冥中晦暗洪一片，夜半分明泪两行。
点滴如伤初遇见，滂沱似诉昨流觞。
人生一季黄梅雨，悲愿奔趋到海偿。

忆王孙·惟爱珞珈

　　流金岁月少年情，学子莘莘歌泪盈，微爱环跑雨又晴，绕山行，问向深心总在樱。

减字木兰·入校三十年

　　梦回酒醒，无限风光成背影。三十年前，恰是同窗好少年，不应有恨，千古风流。凭我论，何必悲秋，识破人生一叶舟。

梦江南·丙申珞珈之春

　　春正孟，树绿柳条斜。琼蝶直趋春厚处，菁荣全在珞樱家，樱已吐初芽。　　春刚仲，雪亦恋春华。片片随风潜入夜，枝枝含露绽开葩，能不咏樱花？

望江南·珞园雪梅

　　江城醉，梅雪婉如来，一夜满园趋素裹，忽然梢朵面寒开，何处惹尘埃?

梅朵的诗

梅朵，出生于1969年1月，先后毕业于武汉大学和法国蒙田大学，曾从事记者、纪录片导演和教师等职业。现居法国，任教于法国蒙田大学，创作诗、歌、小说、电影剧本。

冬晨

寒风侵橡地，白霜入冬寂。
落叶终还土，流连不用惜。

秋叶

年年红叶飘，岁岁秋人老。
不问皈依处，空濛自逍遥。

秋日登高

远望青山长，低抚秋草黄。
天地寂且寥，风起一念往。

藕池

晚照斜倚池，花语轻无痕。
云带风雨过，歌声何处闻。

陈卫的诗

陈卫，1970年5月生，江西萍乡人。1995年就读于武汉大学中文系，师从陆耀东先生，1998年获文学博士学位。现为福建师范大学文学院教授。著有学术专著《闻一多诗学论》《中国当代诗歌现场》《中国诗人诗想录》；出版诗集《旗山诗歌练习簿》、散文集《美国家书》；主编《台湾现代诗歌选》等。

东湖吟

波亮洗长天，草深风里眠。
明月珞珈望，行舟叶叶翩。

秋月

天心圆月明，赠我寸光阴。
急曲摧新叶，慢词响旧林。
灯寒人影去，话暖北风侵。
四野俱幽寂，清辉拨竖琴。

秋江行舟

烟波雾瘴引江愁，一树红叶一岁秋。
水漾舟行失响浪，谁家月下影独幽。

昆明秋（新韵）

天高蓝几许，日落暗多重。
幻变云来去，空留绿映红。

秋花

雨打空墙外，花凋萎叶边。
春分琴瑟瑟，夏至绪绵绵。
日晒枝间振，风吹草露怜。
冷秋何处去，化土育新田。

醉花阴·飞雪

　　飞雪临空夜透白，轻掩众河泽。舟小灿莹莹，激水成冰，寺远高山柏。　　青退空谷声色寂，瑟瑟谁吹笛。又现暖风柔，咫尺天涯，新绿芳华溢。

蝶恋花·福州秋景

　　日返鼓山林起雾，雁字空中，苇白纷飞鹭。车过红灯霓火处，连年芳草横江渡。　　唱晚渔歌添一曲。咏叹何事，语塞频频误？莲伏秋水枯叶悟，山野石裂丹心素。

洞仙歌·闽江泽畔

　　闽江泽畔，小洲苍山晚。歌满行舟浪拍岸。海迢遥，白月黑水潺潺，流倒灌，战火当年纷乱。　　舰船离马尾，炮响高天，两面青山血气蹿。将士浴罡风，星夜微明，故园泪，几度帆黯。

俱远矣，游人踏秋音，旧戏上舞台，鼓声中唤。

天净沙·秋江

　　明月照醒秋江，远峰含敛波光，曲径枫红遥想，慢歌幽唱，风轻榕落山岗。

天净沙·郊外

　　晴阳远道黄花，犬追童子捉蛙，旺旺呱呱叱咤。风行脚下，路迷归雁兼葭。

天净沙·赴粤

　　北方寒气苍茫，岭南绿色异常。越过曦光小唱，丛林作响，鸟群不变声腔。

清平乐·忆珞珈樱

　　东湖春早，日出波光淼。总是疏枝栖宿鸟，梅谢樱红刚好。青灰屋顶萧萧，登台却望迢迢。粉黛如云飘落，心系寒气童髫。

十六字令

一

怜！
竹翠山深百鸟喧。
他安在？梦锁雾中眠。

二

莲！
夏日清荷出水田。
泥中藕，暗郁有谁怜？

三

缘！
泥用水和万象全。
相安好，播种再耘田。

四

癫！
无语凭空赤手拳。
三壶酒，且换汝狂狷。

鹧鸪天·无题

皆是离乡独自囚，无端心事有来由？东西啼鸟声声痛，南北浮云片片愁。　期聚首，意踌躇，风吹杨柳上沙洲。孤舟久泊生春草，何处相逢同漫游！

浣溪沙·芭蕉（新韵）

冬雪裁来当幕帘，夏风扇起向屋檐，寂然庭院雨中缄。稚子呼声追鸡过，花摇果动小石衔，轻尘阔叶绿终年。

卜算子·江南印象

信步至江南，梅醒桃芳绽。水碧烟岚二月天，雨燕旋湖岸。桥小旧人家，瓮胖花纸伞。石板沿街枯草长，巷窄人行幻。

西江月·过元宵

四海阖家欢乐，心中愁绪难消。团圆同饮再迢遥，明月何时相照。　聚首如沙易散，平生更似萍飘。愿随春色上石桥，一路风光奇妙。

临江仙·午后

骤雨惊雷初入夏，花繁草乱忧红。游魂浩荡似飞蓬，青山深处，可有故人逢？　　若失旧时相识友，且吟且觅高松。风旋林暗雾重重，颓垣残壁，何处更空空？

水调歌头·忆老武大

明镜飞花在，何处惹秋霜？长袍乌发，才俊青涩珞珈郎。难料硝烟四起，大炮飞机军队，冲突扰家邦。群鸟越江急，山路谢樱芳。　　壮士腕，豪情志，唳天飚。谈诗论道，细叩学问立人强。漫步东湖日暮，鸟语清晨相问，午闻舍间香。音貌风华去，天地两茫茫。

忆秦娥（变格）·月夜

月弯弯，一江清水群峰环。群峰环，笛音缥缈，远远山关。无端思绪丝丝缠，人遥心近声声还。声声还，邀风听曲，啼鸟难安。

行香子·倾听

何处相逢，四野飞鸿。天南北，流水西东。歌声起处，月白清风。念思悠悠，情恒久，境相同。　　倾听岁月，敲几回钟。

万山隔、苦寂重重。曲弹三阕，云隐人空。叹行腔缓，风来急，去匆匆。

阮郎归·初夏

竹青花密蝶多情，风云喜桨行。龙舟赛过喊声停，波平叶不宁。　　今日果，去年耕，非耘万丈冰。晶莹雪亮透诚灵，弃之鸟也惊。

南乡子·五月

五月挽流光，风过青山亮一江。纵跃即离如电闪，尝尝，谁肯无由走四方。　　圆月梦归乡，正入儿时喜乐堂。滚石跳绳何所怅，匡铛，磬鼓交敲意始狂。

菩萨蛮·青春祭

水纹刻岁风柔细，山原瑟瑟青春祭。离鸟梦中暗，故园何处寻？　　扫尘埋泪涕，根种泥和气。泽畔理歌林，时时传乐音。

顾伟飞的诗

　　顾伟飞，出生于1973年10月24日，1996年7月毕业于武汉水利电力大学热动系热动专业，目前供职于浙江浙能技术研究院有限公司。

微信聊天感怀

我游微信群，怆然落寞行。
本意歌一曲，奈何无人听。
汉阳古琴台，高山流水清。
事业连家庭，终日苦和辛。
屋窄逢房涨，常叹少黄金。
同学无人语，话说给谁听？
梅酒杯新尽，话唠久成病。
何日东湖水，洗我浑浊音？

陈明华的诗

陈明华，武汉大学哲学学院毕业，中国书协会员，中国硬笔书协会员，书法报社董事，《书法报·书画教育》主编，湖北教育学会书法专业委员会副理事长。

学书有感（四首）

一意孤行

生在贫瘠月亮湖[1]，临池九岁帖皆无。
都言此道王孙事，我自清寒守独孤。

与古为徒

临书望眼唯应方[2]，后晓元常[3]与子昂[4]。
抱守唐人难入韵，师宗魏晋亦沧桑。

中秋雅集

荏苒光阴似水流，长天[5]雅聚又中秋。
月圆染翰心潮涌，墨语无声意未休。

梦归何处

捧卷挥毫气自华，何曾指望做名家。
甘当少小通天路，遍地花开映彩霞。

注：①月亮湖：位于荆州石首市东升镇。
②应方：颜真卿别号。
③元常：指钟繇。
④子昂：指赵孟頫。
⑤长天：指武昌东湖长天楼。

咏春图

见花不见人，处处言心声。
难得闲情雅，春风满袖襟。

翰墨谱华章

——参加监利县章华小学兰亭雅集有感

兰亭往事越千年，曲水流觞万古弦。
墨舞春风弹楚韵，章华学子谱新篇。

震四方

——观 2017 朱日和阅兵有感

大风起兮云飞扬，威武之师震四方。
但使敌军来犯我，战之必胜令其亡。

赴俄罗斯文化交流有感

一带一路心连心，四海五洲兄弟情。
合作共赢谋发展，并肩携手继前行

观 20 年前毕业照有感

转眼步移二十秋，轻狂年少何来愁。

今宵酒醒同谁舞，落纸云烟与己游。

董喜科的诗

董喜科，1980年11月出生于江西省婺源县，1999年至2003年就读于武汉大学水利水电学院治河专业，现于杭州市港航管理局工作。闲暇之余，喜好诵读国学典籍，所作诗篇感怀时光荏苒，武汉大学母校也好婺源梦里老家也罢，大概从分别的那一刻也就刻上了剪不断的思绪。

乱弹子·郑公山

婺源山中去处，没有柏油马路。无车马，有WiFi，你道是破败古寨，我说白云清溪好自在。　　徽饶古道五里，桐花茶花一路。走便走，留便留，此生诚不知所求，心安悦目处岂需原由。

清平乐·土墙部落怀古

流霞倾尽炊烟起，土墙部落暮色临，星汉淡无色，灯火耀古村。忽梦少时流萤闪，几含情，趣无边。捉流萤小虫，聚光成烛，待荧光渐尽，书已阅半，身困目乏。　　夜风满楼时，慈母声声催。时光逝，催人老，飞花虫鸣时，光缆越山来。流萤翩翩尚依旧，不觉山村已通明。窗棂透暖意，土墙泛金光，光来谢党恩。

杜长征的诗

　　杜长征，男，汉族，1980年11月生，江苏徐州人，武汉大学经济学学士、硕士、博士，现任中国电子信息产业集团办公厅政策研究处处长兼新闻信息处处长。

山行

2015 年盛夏驾车经过北京灵山附近有感，补记于当年深秋
35 岁生日之际

旅途多陌生，向往自长恒。
临时歇一脚，再度望前程。

元宵望月

帘外焰声趋寂静，多思总是梦难成。
披衣惊看韶光转，敞牖每怜霜气横。
乌鹊惊啼游子意，素娥难语故园情。
今宵暂作清平乐，一段流年茶漫烹。

再忆珞珈

相看从不厌，相别更年年。
相会无从诉，相怀山外山。

观看《长征》歌剧有感

初构于北京国家大剧院，补记、改定于深圳宝安国际机场。

长征畏写长征史，史上长征太苦悲。
当时风雨暗南天，危情远过石达开。
赣水已倾竹泪下，湘水怎堪碧血回。
良莠有别亟待辨，死生两路更须裁。
幸上黎平山里道，欣闻遵义城中雷。
鸡鸣三省长啼晓，马朝大渡疾衔枚。
白岭横天激斗志，红旗卷雪飞壮怀。
万里河山如画美，一条燕路接紫台。
前途或有歧途在，大道定为正道开。
十五年后回闽赣，横扫千军知是谁？
闻歌长思成与败，长征光照青史灰。
奇迹每从绝境起，辉煌常自艰难来。
向使一帆凭风顺，当时不哀后时哀。
当时自哀不自馁，天下万事犹可为。
人生不过二百年，不尽初心不忍归！

《岳阳楼记》试入诗

年少时最喜《岳阳楼记》，尝反复吟诵，至今仍能全篇背下。
近日在北京国际饭店开会，偶见书写《岳阳楼记》的书法作品，
观摩良久。后翻阅范仲淹、滕子京相关史料，再对照文本，倍觉
此文可亲可爱，推为古文第一应不为过。

巴陵谪守滕子京，励精图治百废兴。

焕彩重修岳阳楼，嘱予作文以告成。
且眺洞庭一湖水，浩浩荡荡天际横。
朝晖夕阴千万变，大观之象史俱铭。
迁客骚人虽会此，览物之情各不同。
若夫霪雨尽霏霏，日星隐曜山潜形。
浊浪排空樯倾覆，阴风摇树猿哀鸣。
登斯楼也怀怨念，家国愁绪抚不平。
至若春和催景明，上下天光一色青。
沙鸥飞舞香兰岸，皓月沉浸渔歌声。
登斯楼也忘宠辱，人生快意杯酒中。
予求先贤览物意，二者之为难苟同。
仁爱本自初心起，悲喜岂随处境生？
在朝在野皆悯世，在晴在雨每由衷。
天下未忧忧其苦，天下已乐乐其成。
可怜知音总归少，山长水远偕谁行？

晚归之一

天边未积云，鬓角忽飞雪。
却喜晚归途，树梢犹见月。

晚归之二

屋外天寒彻，床头灯微明。
应是浅睡里，犹待推门声。

望午时之月

一夜风来天倍新，月轮却瘦七八分。
已近日中不肯去，无非天末那厢云。

山庄散步

寒星足以寄意，小径正宜长思。
高树虽已枯尽，新春不会来迟。

说心事·赠友人

少年心事若流云，云卷云舒枉入神。
何如行在云层上，瀚海乘风一任君。

划船曲

　　改写自美国同名儿歌，其歌词为：Row, Row, Row your boat,
gently down the stream. Merrily, Merrily, Merrily, Merrily, life is
but a dream.

划，划，划小船，顺着溪流轻放闲。
乐，乐，乐陶然，如入梦境不须还。

何璇的诗

何璇，1988年7月生，2010年毕业于武汉大学，曾任春英诗社社长，后于新加坡国立大学获得硕士学位，现为香港中文大学在读博士。

峡中溪

清冷石头语，楚幽招故邻。
峡光余惚恍，诗骨出嶙峋。
风是鬼衣袂，花开水佩巾。
徘徊云泻影，有月瘦如人。

山顶偶得

暂将云影试花光，蔓草荒烟与梦长。
永昼凉成绀碧色，雨如平仄海如章。

有怀寄星洲故人（二首）

其一

蕉雨深窗正好眠，几时滴沥到君前。
开门浅浅深深绿，不是星洲六月天。

其二

云挑斜阳一线孤，情怀纵有宁如无。
更级少女今仍是，不教新吾换故吾。

秋凉（二首）

其一

风哑如弹弦断琴，唤来秋色到怀襟。
十年剩有丁零雨，敲碎玻璃乙女心。

其二

寂寞楼高听口琴，梧桐叶落老青襟。
无情风作多情手，剥却层层百合心。

有感

摇落晴光林道边，榴花燃尽晚春天。
青湖多是闲中过，当日与君俱少年。

樱园路落叶

十月楚风如并刀，剪断秋云一千里。
残云片片落埃尘，中天之日淡如水。
舞衣淩乱一何似，蝴蝶纷纷阶前死。

康园聚会分韵得十二文

从来风自岭南薰，置酒幸同高士群。
四望花光成绚烂，一斟世味付氤氲。
家山笛杳凭天远，朝斗台高对日曛。
有泪不堪归去洒，我今独对陇头云。

> 吕祖诗：黄鹤楼前吹笛时，白萍红蓼满江湄。

【竹枝词】太湖

其一

五湖渺渺好浮家，四季花光泻流霞。
三月温风绿鬓影，一山烟雨熟枇杷。

其二

又向长桥彼岸行，浮光抛洒几星星。
有鱼桥下乐于我，爱逐湖心数点萍。

其三

烟村几点夕阳中，烟水一湖湛若空。
岁岁春来浮碧色，登临懒忆馆娃宫。

> 注：太湖石公山，传说为夫差西施赏月地。

其四

亦宜抛书宜耽书，悠悠鸥鹭比邻居。
买山造屋浑无计，谁与勾留在此湖。

其五

裁芰为裳风是衣，阿谁漫唱采莲词。
小姑含笑抛莲子，忙向湖光挽鬓丝。

南歌子·失眠

我亦同秋瘦，秋难与我闲。起看月色浣栏杆，影淡高楼灯火恍然间。　　浮霭轻如命，垂纱薄似年。布裙犹是笄时穿，心事而今空许八行笺。

卖花声·步韵答陈梦渠

花气不曾消，抛卷终朝。枕琴闲卧听江潮。流转旧年多少事，与恨都销。　　行过梦浮桥，心索谁调。余生能拼几无聊。春服初成当置酒，可待逢遭。

鹧鸪天·贺人寿

不启衡门但引樽，好诗只合比肩论。千般意外无聊意，一样人间有病人。　　方外事，眼前身，怀中气象掌中温。近来常作黄昏雨，收拾湖山为待君。

鹧鸪天·别星洲

负尽鸥盟今日身，扫花烹梦许谁人。忍观海浪随心远，剩有情怀待酒温。　　凭万事，付行轮，可堪绕指是前尘。天涯依旧大涯远，再向天涯来叩门。

鹧鸪天·岁末

岁末心情何拟然，无非落叶与风鸢。愁中惟把茶当酒，悟后难期劫是缘。　　新旧梦，短长笺，他年谶是此时篇。篆烟犹写心千字，人在风前第几阑。

鹧鸪天·小美人鱼

一掷韶光碎水晶，可曾涸辙悔多情。心灯已似风灯冷，绝望终从希望生。　　人世事，命何轻，空蝉浮梗雨飘樱。是君错寄年华信，是我错听打马声。

沁园春·返校见落樱

路转山前，花乱雨后，匝地成霜。看瑶台击碎，飘零玉屑，美人新死，冷却容光。枝叶抽篝，绛烟作粉，画就今春堕泪妆。徘徊处，忍情怀如系，岁月如廊。　　客原旧主花乡，二三子相濡或可忘。总香吹风里，诗篇犹暖，梦烹午后，故事微凉。非物之哀，非时之感，当年于此深深望。归来是，但无题有句，写到苍茫。

南歌子·车行雨中

坐看长街雨，氤氲水彩图。湿红沁绿碧流珠，一笔淡烟染出一城隅。　　行过城南树，经年看未殊。指凉窗雾字空书，叶叶枝枝不是识君初。

临江仙·生日忆去年事

不记酒阑人散后，有无月似当初。漫天星子落街衢。河光摇曳里，倒转向冰壶。　　风露一肩怀夜永，海隅况对天隅。追思如线事如珠。心灯燃一撚，照彻故今吾。

郭盈粟的诗

郭盈粟，1989年1月23日生，东北人。曾就读于武汉大学，春英诗社社员，现为SAP咨询顾问，任职于北京。

奄忽

奄忽不我与，初叶变夏阴。
时雨洗街衢，斜光烨华林。
泉水出树杪，新葩浥芬馨。
行止犹迟回，无端起忧心。

悼林嘉文两首

花落令人悲，伤春诗易为。
蛮云昏八表，春气黯然迟。
流潦伤根树，泥涂曳尾龟。
句芒一杯祝，四面满花枝。

花岂生于石，灼人时一开。
谁云活邦国，近代薄文才。
沉痛今入骨，孤鸿天叫哀。
惊心忽春绿，痴骏更重来。

浪淘沙

　　风过梦醒间。特地轻寒。惊窗急雨远来山。往事星星沉琥珀，镜里朱颜。　　深浅旧情欢。甯不相关。一城湍浪独凭阑。远近谁传鱼雁信，土碧天殷。

独坐

独坐春城中，湖山空青碧。
冗繁错书卷，琐屑竟日夕。
白云变海波，孤灯撑四壁。
人心谁能照，试酒聊相激。
酒阑更无凭，还就左传癖。
豪杰缩今古，无赖活简策。
下笔强自娱，清芬空中摘。
相见美人少，意旨转枯寂。
故典无足用，心言不可译。
费辞没骨骸，人声如砂砾。
期故旧以德，量恒星以尺。
贪愚固天常，生死堪对弈。
贤淑远行光，千载方赫赫。
物理既如此，姑且安魂魄。

喵

顽闹百般厌，机关独喜无。
高低任心势，来去不由呼。
梁窄毳毛积，衣卑涎水污。
翛然离网罟，臂枕小於菟。

花楼

花杂蝶多梦，楼高山有余。
云无天上路，浩浩席清虚。
群集归细柳，独行休大樗。
儿童市声里，且乐识香车。

成己

成己岂足已，爱物人所同。
秋半悲生事，衣襟多细虫。
无力今依我，曾随不定风。
天华何须去，自落拂帘栊。

六么令

　　那时堪记，纤缕明花烛。憎憎始凿浑沌，碧叶浮空屋。蝴蝶栖香暂稳，到晓迷幽馥。西风惊绿。花都皓首，浊水念曾媚修竹。　　轻泪如将飞去，梦脆难重触。漫逐酒艳衣浓，夜角听断续。徙倚寒星欲落，独向天涯宿。啜黄粱粥。恹恹睡后，一片闲云且游躅。

天地

天地噉黄叶，时还读福柯。
苍旻际山白，小屋载书多。
桎梏生民瘴，尘埃俗学过。
谁甘受欺死，牵缚勉长河。

今音

方绞韭花酱，才开泡菜坛。
清香助白肉，酸辣振粗餐。
祖父在箴戒，亲朋散海天。
两碟乞知味，容我小流连。

煎抚

煎心缭百虑，抚物转多情。
忙煞秋蜂蝶，黄花细蜜盛。
徘徊共生业，彼此不知名。
岁暮善养子，明年添几茎。

陌上

陌上逢少年，宁芙萨梯子。

都美百雉城，好色世无比。
才性更不论，暗昧应到死。
逢君君如豹，愿君食我髓。
君风我为萍，行止视君指。
愿我现女身，横陈受君匕。

皮肉

羊皮买大贤，羊肉暖心肝。
独食思父母，唯母厌腥膻。
犹嘱以益气，冬令汝多餐。
继而思友生，愧我不得闲。
上门提三斤，煨之酒与盐。
葱姜过油烹，酣香不可言。
滚水趁时浇，枸杞从稍添。
炉温绍兴黄，风流此为先。
无须愁内热，蔗浆携自滇。
继而有所思，乃在大海南。

赠陶君

立身谨慎文放荡，绿波涣涣听风漾。
囊萤祭獭我焉依，佩玉鸣琴君长傍。
既然大义不可寻，安乐聊堪填悲怆。
风流岂能落空谈，当买宽肥暖围帐。
我所羡君不在此，足金足欲渡香象。

譬如犬儒憩木桶，名媛春秋犹引望。
每恨小慧泥自由，空羡天云抟飙上。
苦觉黠者不幸福，谁识大知闲闲状。
若有遗珠龙衔出，珠化为火烧千嶂。
广漠之野千载粮，况应帝王我已丧。
烦君无遮我曝背，南北辕辙东西向。
万人权势中流转，昂藏孰肯与相抗。
昨夜春星了却欢，剩写诗文覆瓯酱。
江心鸥鹭背上光，泽雉翻飞更跌宕。

奶猫

冬日小奶猫，生汝不趁时。
长成当可恨，春月撩僧啼。

一种

一种相思万种愁，双鱼可到海东头？
徒听索寞落茵席，小院春花大似秋。

求

求马于林下，求礼于旷野。
求之不可得，枯槁固难舍。

琴瑟谁独弹，中夜不寐者。
遥遥空中见，一枝梅潇洒。

愿

一愿晤才士，夜语乐如何。
二愿具鸡黍，故人常经过。
三愿买俩驴，书我分别驮。
百年实匆遽，煎扰贾竖多。
笼虫且好斗，池鱼畏沧波。
知君颜色好，知君心沉疴。
仁义所罕言，机弩费琢磨。
想君终不恶，阿公对阿婆。

风流子

平芜接四远，凭栏久，怅惘半衣尘。 对不休啼鸟，唤回春暮；又生芳草，黏惹行云。 算离别，洗氛凉月夜，携酒独归人。灯火叠愁，射眸难数；梦魂还避，欺我空寻。 年少多浮气，随挥袂，稍悔作意轻分。 知甚翠尊频近，容易思君。 想一往交欢，分橙调笑；适来逢怒，抚背听嗔。 何夕得斯邂逅，唯向天询。

烛影摇红

　　云起无端，乱风吹入闲愁眼。飞灰还似校藏书，旋扫旋生案。偶尔啼莺宛转。有青山、层楼望断。市声不尽，澹澹长天，栏杆拍遍。　　忍舍残春，第凭目送孤鸿远。更深重捻寸相思，犹照花枝满。寄与佳人顾盼。奈迢遥、流年又换。扶头空想，浅晕红桃，凝香霜腕。

和老冯，祝你们白头偕老

共榻醉眠梅雨初，觅红藕脆讶何如。
常煎悬腕终朝药，更译到家深夜书。
一点相思心上泪，十年滋味水中鱼。
预知长者停车辙，探问高桐雏凤居。

蒋君醉吟成章，戏续之

终将数年书，换成十万贯
斗人乐胜天，奇计杯间算
儿女倾瓶出，啼笑长牵绊
偶尔思出位，辄有夫人劝
素志本如此，中夜更何叹

醉话不可听，养嫂不可缓
幸曾见侄女，绕膝多烂漫
君弃我当缠，骑鹤那肯换

丈夫五车书，不如妻一粲
爱极乃戏言，身在福中汉。

春英诗社作业，先韵七律

对弈今应许让先，新诗好似弹珠圆。
思来流水置平地，句就高枝鸣远蝉。
约束四声安雅调，剪裁五律立群贤。
夜深研味睡不得，竟起秋心疗病痊。

胡涛的诗

胡涛，1989年8月生人。2013级历史学院硕士毕业生。

杭城会友

杭城会发小，不觉故乡遥。
西湖夜雨尽，漫步在断桥。

初赴杭

初雪夜微凉，随风潜入杭。
幸有月相伴，独步亦成双。

读史

　　眼见疆土他属，民风尚依旧。读史正到伤心处，泪自流，竟不休，一笑更难求。　　名将未丧敌手，却沦阶下囚。但瞧巷尾坐翁老，一盏茶，半壶酒，闲话春与秋。

王悦笛的诗

王悦笛，1991 年 9 月生，四川成都人，现为武汉大学文学院研究生。曾获 2016 中华大学生研究生诗词大赛研究生组词部冠军。

水龙吟·鸡鸣寺樱花

托根幸在扶桑，为谁移向江皋住。冰姿素缟，清凉惯耐，吸霞餐露。净业三生，繁华七日，法身千树。待胭脂洗出，玲珑妆罢，会多少、痴儿女。　　异色与春同到，甚匆匆、撇春先去。飞花万点，窅然天地，维摩高语。堕去无香，飘来似雪，迷濛如许。剩经楼听取，山僧尺八，奏潇潇雨。

河渎神·塔尔寺（选三）

寺外藏家祠。买得经轮一支。灵飙长向手中吹。转动苍茫秘机。　　老妇拾荒身曝野。老松旗挂风马。钟石日晡将打。神兮仿佛来下。

又

未及见双林。先瞻庙宇森森。经幡一拂古来今。是我崩奔妄心。　　塔嵌秘碑高数尺。藏文瞠目难识。不识正吾所得。言筌那抵缄默。

又

堆绣缀香绳。昏堂炧泪飘灯。上方宗喀肃如冰。万世长甘服膺。　　门外菩提空一树。法嗣终须愁虑。活佛犹迷海雾。金瓶寂寂无主。

青海湖

洒面长风跨海吹，驱羊大马牧人骑。
一鞭何日入吾手，万类群生在指麾。

扁都口歌

　　山无缺，驿路绝。山有口，车马走。马足下酒泉，车轮出祁连。高原亘于后，平川敞于前。

移居二首

迁移费车马，飘荡足风尘。
岂有比邻送，剩惟书卷亲。
浮生沧海粟，逆旅暂时人。
沿泝了无住，明朝出处新。

庭荒谢池草，门褪广川帷。
已幸容三宿，敢希专一枝？
黄鹂久相识，白月惯曾窥。
新宅从谁卜，蜗庐怅此时。

毕业湖滨租房退宿二首

知交凭赁约，侣伴岂终身。
门客一时替，窗涛万古邻。
留囊只微禄，转手定何人。
不老须重到，樱风及好春。

迹岂吾心定，金常汝主催。
野云不带走，家电肯追陪。
铜钥退三把，穷生仍一枚。
能忘岁时乐，永忆浅深杯。

暮秋寄远十二首（选二）

数格蓬窗外，有禽啼清晓。
毛羽想鲜洁，鸣声亦自巧。
为我衔佳音，远翥淮之阳。
有人朱楼颠，凝愁立秋霜。
初啭随风发，再啭音始长。
三啭破伊愁，一笑生辉光。

想我老将死，伛偻不成步。
夺我目以明，染我发以素。
一朝别亲爱，衷曲莫及诉。
亟投劫火中，烂烂朱光怒。
君看炉底灰，萧然焚余处。
百骸俱不存，唯遗一物固。
是物唤初心，炯炯长如故。

酬李四

志删述，贵清真，太白十世得诗孙，谋食大隐金马门。
卓特何曾效谁某，鸾坡初仕即魁首，天风吹滟杯中酒。
猿鹤自来别虫沙，亦触谤伤肺槎牙，醉中绝叫拂铜琶。
奔沸秋星太仓粟，世上庸人杀不足，掌心古水沉沉绿。
大儿文举小儿修，大笔淋漓小巫羞，往矣宁顾众口咻。
君岂甘居元白亚，肯向长安询米价，偃仰风云时啸咤。
蒿倚青松莛叩钟，师友相彰古难逢，四海微尔将焉从？

吴市大有堂与韩冰饮

南巷水堂名大有，堂外碧波流似酒。
当筵馋杀酒人心，市酿沽来争入口。
船挂石桥月挂窗，火出泥炉液出缸。
吴娘半老珠喉在，婉娈听是昆山腔。
别有一事强不得，我生白净君肤黑。
面白徒供泄酡红，黧黑恰便掩酒色。
气概为主色是宾，休道饮量不如君。

郑韵扬的诗

郑韵扬，1992 年 3 月生，北京人。武汉大学文学院 2014 届本科毕业生，2012 年担任春英诗社社长。2018 年夏于北京师范大学硕士毕业，将于中国社会科学院攻读古代文学博士。

蝶恋花·火车夜过江城

遥看寒沉灯火杳。寂静河星，不是归来早。掠眼江山凝墨窅。当时不作今时好。　　故事烟生如梦了。梦见何人，只向心中老。倚枕临窗同影笑。却言别后诗篇少。

一萼红·忆去年此日诗社灯谜会

晓寒禁。又几多枯碧，检点上铜簪。眼底尘灰，阑前风色，故情拨响鸣琴。议分韵、年年差近，放花树、消整盛妆临。红纸狼毫，一刀一画，减却词心。　　漏碎南楼轻箭，记银波初夜，月小秋岑。翠袖犹耽，黄云共老，重来何为侵寻。也曾记、葡萄对雨，也须忘、情短换杯深。便到梦归不识，灯火沉沉。

鹧鸪天

浩气神来与夜浮。乱流无色动山柔。漫衔金盏敲黄玉，旋舞青腰谁为休。　　温十指，入双眸。那时风月那时秋。那年雪作翻天墨，忍把心寒一笔勾。

蝶恋花

梦透林园花一霎。弦断成声，已分从心握。铺水斜阳如酒薄。好风不用吹红萼。　　寒外枝轻昕鸟落。我说相思，君道相思错。隐隐江山归画阁。看来明岁还耽着。

红叶李

萧然何处落珠新，粘袖红轻掸未匀。
绕径灯昏搴雨幕，美人梅是未眠人。

花朝

节后余寒冻不收，朝来携酒与春酬。
严妆非为和花艳，只作当年旧梦游。

临江仙

　　文学史研究课论叶小鸾，忆壬辰年与子宸诗社夜饮，时亦作临江仙。

　　忆昔诗窗窗下饮，菊英未解浮壶。晚花急雨树频呼。疑君来见我，道不似当初。　　青纸银钗双寂寞，更无泪满秋湖。休寻午梦问沉虚。一从春断后，只识夜长无。

采桑子

最堪别夜凭孤盏，不记醁寒。记得春阑。风泪垂绡绝断难。
一街灯火如流水，性命追湍。心事曾瞒。月自萧疏人自宽。

踏莎行

绕径烟苍，扑肩白碎。侵寒总是人间味。满裙深叠寄愁黄，
晚收一片琉璃水。　　莫问相逢，除非梦里。风声雨后暗迢递。
彤云着破曙窗红，簪横翻作当时醉。

答范叔寄鸭脚子

岁晚细雪烦，沉忧多感物。
摩挲掌间秋，犹沾零露彻。
莘莘南山云，冥冥楚天月。
特地藏袖中，可能香不灭。

更漏子

眼中身，山外岫。千万经行时候。凭断泪，落灯前。新篇近
去年。　　瑶林缺，素衣结。梦觉江陵空阔。春有信，意何期。
只君不作归。

满庭芳

京华春寒，闻说江城夜雪，樱花犹发。书枕芸笺，故园风雨，别后应惯萧条。已传芳信，千念费相招。却怪清宵怆骨，寻山驿、珠洒银抛。休相见，红衣冻雪，叶底看妖娆。　　春遥。寒粉瘗，苔空老绿，一盏重浇。甚君无怜我，我为君浇。每至更深梦碎，当年事、都歇狂潮。从心铁，铸成秋镜，香雾共尘销。

水龙吟·咏珞珈樱花

问梅谁续芳音，温香径夺寒香去。约裁羽扇，流铺云幄，愿天稍驻。霞绮盈盈，珠光喷射，填衢仙侣。竟夜阑回雪，薄衣力怯，料难度、清明雨。　　相别人间最惯，几枝牵、蓬山归路。不应垂首，素笺冰裂，檀心何诉。我亦离披，燕南楚北，一般轻付。奈名园碧瓦，年年春望，见伤情树。

渡江云

夜过烧烤摊，有二女把酒，因思广八路。晴阴围堕絮，晚来行迹，风暖辨流光。尽燔声炙色，一霎思量，愁夜损红香。蟾宫笛韵，经年梦、半未相妨。唯道是、落梅心曲，十载动尘梁。

收藏。重楼掩定，翠叶横流，止江湖平望。甚多幸、闲翻碑片，频寄垂棠。交逢若对倾怀酒，有新恨、旧忆难防。深夹巷、月华一盏微凉。

鹧鸪天

辜负华胥一晌温。雨匀浓绿近黄昏。斜阳鸦阵冲楼起，历历声声欲吊春。 沉旧念，数漪沦。凭君何计卜灵氛。唯收眼底繁花泪，共乞人寰身外身。

念奴娇

亭亭萱草，向交旧窗槅，共云清绝。好是南风将送尽，解道客情幽怯。剪雪瑶台，醮梅檀晕，都被人摧折。坏囊玉轸，几曾多费吟咽。 更忍寻路凌波，槐阴曲岸，梦里青如发。故迹湖山应载我，一舸惊涛烟月。说着相思，樽前春过，樽底朱颜灭。等时重见，却言花胜初别。

玉楼春

近闻溪底鱼频戏。问我今朝思旧未。多情能令酒涵空，隔断横云如楚水。 还家已负前春意。花惜莫筹明岁计。岂应罔念后年期，只恐座间花不记。

清波引·次白石韵

癸巳冬，予读白石集，《清波引》一阕，略无留意。近日偶观小序"予久客古沔，沧浪之烟雨，鹦鹉之草树，头陀、黄鹤之

226

伟观，郎官、大别之幽处，无一日不在心目间"，猝然相遇，便觉沾臆，及至"胜友二三，极意吟赏"，不得不复作怀故园、思旧友之陈言耳。

月收江浦。算应有、故莲罢舞。寸眉轻许。青山自妍妩。宿昔等欢恨，但被沧波抛去。恨随黄鹤重来，依然是、俊游处。

新词唱与。绿窗烛、春点几度。玉钗归否。着双燕曾语。凭仗他年约，负尽疏梅清雨。想得暗径丹枫，最知哀苦。

临江仙·用春英在社诸子韵

玉烛金杯回昨夜，酒阑语笑多迟。漫言别后不成诗。青山谁是主，素纸但相思。　　花下元来新坐客，感君似我情痴。殷勤灯侧看霜枝。会将湖海事，换作异乡期。

鹧鸪天·四别诗社

月影含纤草径春。檐前照见醉书痕。桃花竹筒依然在，不见当年落泪人。　　倾绿酒，守心魂。新交无语亦相亲。劳君梦里朝朝至，免我来时最费神。

虞美人

高台临处秋波浅，堪照离人眼。青梅香坼酒卮红，当日问花心事掷虚空。　　夜深向壁能知意，旧谱声谁记。凭君残梦过桥西，断送一江风月已多时。

画堂春

柳疏竹拆晚风前。残蜩栖在交关。薄侵细雨入金盘。特地秋寒。　　晓露眉间重上，雁行又向南看。空枝成病小阑干。枉与花瞒。

鹧鸪天·答一鸣赠故宫日历步其昔年韵

梦在云山记不真。九街冻雨半侵身。底来预赏他年事，清减梅梢见月痕。　　窗下树，作诗人。尘间惯是感朝昏。携归应有温柔话，细数灯花六度春。

浣溪沙

枕上凌寒贴壁垂。冥冥雪意诉还迟。听风岂独晚晴时。暗想桃源春已到，不堪黄叶又题诗。残香呵暖亦空枝。

鹧鸪天·五别诗社

幻变非真可忘身。年年新月见归人。桃花渡口云深锁，梦醒惊澜空泪痕。　　休对酒，已无亲。问春长是费凝魂。敷襟遍祷心知好，明日秋风作比邻。

范云飞的诗

范云飞，男，安徽萧县人，1993年2月生，武汉大学国学院2014届本科毕业生，武汉大学国学院国学专业2017届硕士毕业生，武汉大学春英诗社社员，课余爱好古文、诗词的欣赏与创作，有若干作品散见于各报纸、杂志及网络。

西江月·中秋与诗社诸生饮

半夏与同游处，中秋却又凉时。使君莫论旧年诗，作者今年衰矣。　　泗水几回归梦，秋风一阕新词。如今惯作武昌儿，看水看山相似。

虎魄行

邯郸少年昆仑客，夜听枭鸣声磔磔。
山鬼低唱猛虎吟，落木萧萧风策策。
猛虎少年格斗死，睛光沉沦凝虎魄。
玉胎解冻石髓泄，千滴百滴补天液。
气射寒霜光不起，妒杀列星羞愧死。
云阙瑶池觅难得，散入侯家缀罗绮。
美人绮帐寒光凝，茜纱微露参差青。
赪如赤鲤碧如血，纤手摩挲叹不停。
赪悬柔腰响玉珂，碧悬紫竹渐湘波。
我见虎魄长太息，为赋新声虎魄歌。

江城子

吴儿骑马更相招，醉冰醪，弄琼箫，门对钱塘，留意到春潮。涌金门外钱祠畔，吴水秀，越山娇。　　黄昏悄立卖鱼桥，雨飘潇，影招摇，莫作游人，容易使魂销。谢客年来憔悴处，春有意，暗芳韶。

水调歌头

起坐难为寐，恍惚梦魂轻。夜来心胆如雪，放眼向青冥。负手霜波荇影，谁弄江南铁笛，萧槭落潮声。清露阶前堕，消息著微明。　　凭谁问，愁何似，晚来星。念君情绪，如水如月满孤城。难道江湖秋老，昨夜蘅皋枫径，婉款寄丁宁。风动冰帘语，也说是多情。

湘黔道中寄老郭

客中悲鬓发，无处说恩仇。
吹剑惟一唉，抚膺常百忧。
朝辞云梦水，夕阅洞庭流。
我意来滇国，云间访白鸥。

湟源两首

穆王驭八马，八马何闲闲。
骋目穷西极，壮游天地间。
回访瑶池阙，来临湟川蛮。
披襟对青海，遥看阆风山。
黄云出羌塞，胡笳动汉关。
驾勒意惆怅，踌躇且东还。

汉家奋长戈，修关备胡虏。
至今一片城，边月寒无主。

长安空望归，良人委黄土。
临羌存故县，砖石相撑拄。
驱车涉西川，客路悲秋雨。
清风传羌笛，浩浩怀千古。

感怀

既隔云涯渺渺思，一年秋水信难期。
人生每觉如奇谶，大梦频烦触旧时。
鸡黍谁从访元伯，诗笺无计达微之。
犹怜五夜寒花下，笛雨箫风事最疑。

眼前人物怅犹怜，密句煎心未豁然。
摇落不堪庾信柳，沾衣旧是牧之篇。
秋风苏梦疑明日，清气判花减去年。
莼菜近来尝有味，最初诗意到江船。

知己年来各向行，长安愁坐已空城。
文章难入荆州眼，身价常劳许郭声。
花下最宜轻许诺，人间别有未成名。
明朝将赴西陵外，漫着吟鞭不计程。

心病由来未易瘳，欲从孤雁隐芦洲。
新诗不脱江湖气，密雨频回筚篥秋。
处士无从参国是，荻花犹自感时忧。
偶然小劫通禅窍，万叶千花聚画楼。

近觉痴心转益痴，将心说与故人知。

客途莫测风波眼，谈局如参国手棋。
反复再三犹未解，除非抱一总须疑。
徒怜桂子增人羡，一树繁花最趁时。

一岁相思晚更频，秋花秋草不相亲。
寻常热肺须豪饮，容易推心与路人。
挂剑相期惟季子，悲歌蹈节有齐臣。
春风骀荡犹相会，努力加餐惜此身。

赠老郭三首

故人常住大观楼，岁杪思君拟壮游。
一袭衣冠追魏晋，四时天气只春秋。
诗缘湖海常增慨，赋到长安意便柔。
此夕悲欢且忘尽，樽前轻易莫言愁。

故人万里会相逢，巷陌寻常识旧踪。
双鬓含春青未改，一身如笛气犹冲。
草湖绿柳铺三界，滇国繁花照两峰。
试到凌虚台上看，澄波千顷月溶溶。

昆明宜主更宜宾，客里相逢态度亲。
杜甫躯形何太瘦，虞卿骨相亦奇屯。
感君湖海三年意，赠我西南一国春。
他日飘摇云岭上，从来鸥性总难驯。

八声甘州

看东湖烟浪雨潇潇，风涛渐西楼。正霜衣雪袂，玉箫铁笛，吹彻芦洲。想见长江寥落，浩浩送归流。何处平沙上，几个飘鸥。

忍说少年心事，甚平生意气，辜负吴钩。怅江湖旧客，山海隔齐州。是谁人、兰舟独立，更寒波万里钓清秋。且归去、潇湘一棹，愁绪都收。

游仙二首

穆天子篇

仙人所在昆之岗，错灵芝兮绮兰堂。
瑶阶千重转九廊，上有玉树生其旁。
敷华藻兮灿文章，缀灵露兮含清光。
我欲往兮心飞扬，思飘摇兮出汉疆。
策灵驹兮过河梁，昆仑之上寒凝霜。
列仙错落云相将，陟兰皋兮望扶桑。
水茫茫兮风洋洋，仙之人兮带琅珰。
披绋绮兮缀流黄，冶妖容兮驾凤凰。
罗珍馐兮荐玉浆，操梲珸兮弄笙簧。
鼓南风兮送清商，埙篪迭作琴瑟张。
钧天奏兮乐未央，仙兮仙兮在何方。
昔年一见不能忘，御八极兮独心伤。
昆仑之上渺不可及，念仙人兮郁中肠。

淮南王篇

淮南王，乐未央，管弦珍馐列满堂。
金罍秬鬯郁金香，百尺高楼秋月凉。
玉蟾光照银井床，冰蚕丝牵素缏长。
佳人响屦满回廊，纤手玉瓶奉寒浆。
奉寒浆，进醇醴，琥珀光杯盛玉髓。
饮之千年得不死，魂游八极访李耳。
李耳授我善道书，我因持之游太虚。
魂飞飘摇过天阊，奋玉策兮骋灵驹。
灵驹轻扬悬圃上，周天弱水清波漾。
清波荡漾水漫漫，金茎承露白玉盘。
中天素魄晓光寒，白兔捣药蟾蜍丸。
既得丸药中心欢，不知光转夜阑珊。
一枕游仙苦大难，梦醒惆怅生哀叹。

自汉赴渝途中

旅铎动清夜，晨起赴渝关。
一树听秋雨，霜降满人间。
寒虫已入户，白云多在山。
鸿雁集江渚，客行殊未还。

暗香

　　故人绝塞，又一回岁杪，伤情谁识。算起别离，都作寻常与朝夕。遥望江南路远，曾到此、东门步出。只记取暮雨长街，江晚正寒急。　　南国，苦追忆。甚引我踏霜，满地红迹。一枝拾得，翻似相思渺无极。枝上寒芳绕指，都化作、当时愁密。羡陆凯，能寄去、冷香一把。

徐州火车站

广场人语沸，去国思何稠。
汽笛鸣新岁，江城作旧游。
街灯喧彩市，虹影乱车流。
一夜徐州雪，行人尽白头。

西山二十韵

余闻碧鸡山，古归益州领。
汉宣好巡狩，二神赐祜永。
简策久微茫，使者或临省。
古祠殊寥落，余今试登顶。
滇池在其下，一碧盈万顷。
潜蛟动苍波，不辨南北溟。
登至龙门上，眼光一猛醒。
危崖出斧削，白云与之并。
栈道细如丝，遥接太虚境。
未饮都先醉，无风皆觉冷。
行人慎喘息，上下同酩酊。
云气逼两胁，山形如扼颈。

欲上不得上，下山觉有幸。
山下野人居，灌园汲素绠。
渔樵歌唱回，长啸达云岭。
土中古滇国，颇能出大鼎。
野人亦不奇，视与砖砾等。
日与海鸥朋，浮波驾小艇。
斜晖照海上，独钓清江影。
楚客久徘徊，倦欲不思郢。

七律赠早川太基

日暮看花花放迟，樽中有酒莫频辞。
栏杆十二飘清雪，零雨三千满玉墀。
燕赵例多慷慨士，江湖恰值仲春时。
如今洛水宜乘兴，莫作陈王渺渺思。

春日即事

年年春困又来时，镇日酣眠无定期。
扪虱不谈天下略，搔头若负故人思。
身如青碳炉中铁，心似烂柯山上棋。
天地兴亡都不管，且教女友课唐诗。

曹一鸣的诗

曹一鸣，安徽安庆人，1993年生。为武汉大学文学院2014届毕业生。

卜算子 · 咏荷

帘卷任萤飞，凝睇凭南浦。摇落诗香水佩痕，缱绻风难住。
月晓梦还幽，轻染湘妃露。分付东君遣客回，休被前缘误。

人月圆 · 中秋

似曾见此玲珑月，跋首望团圆。流光轻掷，芳心暗卜，对坐
无言。　　分携时候，断肠只道，千里婵娟。而今回首，风花渐
老，辜负吟笺。

一剪梅 · 咏海棠花

谷雨茶烟留醉时。帘间香软，梦里春迟。衔泥飞燕弄晴丝。
娇语梢头，轻点花枝。　　缘是玉环舞袖回。水剪星眸，素染胭
脂。东风吹落更沾衣。点点芳魂，似诉相思。

行香子

心系游丝，魂绕帘帷，怅天涯芳草萋萋。银筝尘满，宝篆香
回，奈情倦倦，睡浅浅，意迟迟。　　罗浮梦远，陌上花飞，对
红心珠泪偷垂。尺笺有据，鱼雁无期，向西风里，秋千下，望人
归。

鹧鸪天

疏雨轩窗听未真，轻拈红豆问前身。吟笺慵赋相思句，山枕残留旧泪痕。　　花下客，梦中人。天涯目断易黄昏。南风不论人间事，吹落梅英又几春。

蝶恋花

梦觉西塘浑未变。青盖亭亭，微露荷衣茜。流水画船飞絮浅，归来还共春风面。　　掩泪临窗题素卷。花梗浮萍，越鸟频扑遍。魂梦依依长缱绻，此情脉脉开无限。

鹧鸪天

梦觉韶光一炷长，秋千院落雪花[1]香。枕衾缱绻疑为客，罗袖相思赋断肠。　　梳洗罢，对幽窗。花期人事两茫茫。新词旧恨无人管，寄与南楼一味凉。

注：①雪花，代指荼蘼。

高阳台

瑶草寒烟，红蕖旧梦，三生石上前因。祷祝深心，尘香遍染罗裙。离宫绛叶侵山路，待韦郎，重写殷勤。怕凄然，相顾无言，独坐含颦。 单衣系马垂杨陌。感兰堂燕子，珍重芳魂。倚枕相思，琅玕托与鲛人。 碧城未有悲辛事，泛云槎，世外寻春。掩重门，惆怅归来，细数晨昏。

踏青游·樱园雅集约赋

评泊寻芳，寂寞暮烟深浅。记约期，苔枝琼遍。倚东风，猩红小，鲛珠换盏。惜九畹，缟魂羽房蝶羡，犹是故人心眼。

叶碧成荫，侧帽杜郎曾见。梦中路，误了鱼雁。暗相思，无处说，梅妆如霰。仙乡远，谩有绮怀难遣，只赢得平生幻。

因感

因感长离别，他生未有期。
披衣知永夜，枯坐对芳卮。
月守盈亏日，潮依涨落时。
悲怀唯静寂，泪咽不成诗。

浣溪沙

临到别离欲诉难，相思还在玉楼间。月弦犹得几团圆。 魂梦有时随雁字，心愁未了入吟笺。焉知相见又何年。

无题

寂寂青山雪半销，江干梦共短篷摇。
他年若有重逢事，知在春溪第几桥。

杨柳枝

其一

春风裁尽黄金缕，叶叶枝枝有别情。
何计系萦车马住，不教花泪满城倾。

其二

扬子江头独自归，人家笑语掩门扉。
不知肠断千千缕，更遣杨花扑面飞。

采桑子

归家已近中秋日，点检征衣。点检征衣，又动离情，芳草映凄迷。　　故人应作天涯远，勿复相思。勿复相思，还到华胥，几度月明时。

寄远

去岁游春花似昼，逐云车马向长亭。
而今春尽行人老，唯有垂杨着地青。
北去南来尘漫漫，与君倏尔各飘零。
子规啼破相思梦，心事沉沦不可听。

解连环·次老郭范叔韵扬并春英诸君用朱孝臧韵

　　有时哀极，纵千条叠翠，也沾尘色。北雁飞，为写相思，奈水远山长，楚天如墨。归闭重门，暗点检、年来踪迹。怕炉边把盏，灯下传花，遥遥南国。　　伤心乱弦掩抑，正声声杜宇，幽恨潜入。念此时，别有人家，说故事新凉，客子心碧。欲上层楼，算还费、几多思力。古城里，晚风渐紧，看秋雨滴。

解佩令·腊八重访灵隐步李道长韵

　　南来行客。寻常巷陌。认啼莺，珠匀红湿。说与何人，便悄然、离飞无迹。恁匆匆，冷余白石。　　云天一色，江阴一色。再登临、伽蓝千百。故我难寻，但护守、初心还碧。想前生，劫灰暗积。

柳梢青·感于《风云1927》武大片场

　　春过长堤，莺啼小苑，四顾萋萋。中酒心情，花笺旧事，一样沉迷。　　芳魂还系游丝，梦醒后，无端泪垂。草草西窗，那年笑语，任我追思。

生查子

　　持花遗远人，海角安能觅。供养锦瓶中，我与花相惜。花开似去年，车马游春急。离别亦花期，折尽杨枝碧。

念奴娇·次辛稼轩先生韵

　　红衣照水，似低低唤起，少年时节。一晌幽香惊客梦，也识芳魂情怯。燕子重来，绮云微度，不惯人间别。卖花声尽，旧游无处堪说。　　犹记玉箸深敲，花筹暗卜，楼外纤纤月。新曲岭南歌不断，遗恨云山千叠。几地心怀，经年滋味，空把长条折。思量则矣，故园芍药如发。

忆江南

　　天上月，照见去年人。身似冰轮常辗转，事如梦泡不明分。一霎却还温。

读《白石词》有怀

其一

梅柳关情意似痴，但将思致铸妍辞。
春风洗净胭脂色，清绮生香白石词。

柳梢青·《白石诗词集》有感

　　杨柳轻寒，梨花梦浅，是处人间。映月窗纱，青衣小唱，一似当年。　　从来辽邈尘缘，纵携酒，难开绮筵。赋老庾郎，捻灯心事，今在谁边。

人月圆

　　红香人影犹依旧，灯火似天街。星辰明灭，鱼龙暗转，玉柳楼台。　　如烟心迹，化萍故事，纵有难猜。唯春未老，看花不尽，更向人开。

梁文艳的诗

梁文艳，1994年2月生，广东东莞人，武汉大学文学院2016届本科毕业生，武汉大学春英诗社社员。

题芙蓉扇

欢结千年少，花无白日红。
看花不如妾，酒色上来浓。

即事

春日宴君时，青青桑树枝。
银蚕今欲死，那肯作相思！

新夏

猎猎柳梢头，闲闲风絮道。
约郎月上时，相笑人来早。
看取菖蒲深，未妨莲子小。
池中暗结根，池底千年老。

劝君莫弹琴

朱丝弦直中肠曲，那可弹琴到意深。
湘水迢遥空荇梦，蛾眉惨淡悔听音。
山中岁月寒中度，潭底鱼龙花底寻。
我与芙蓉两对眼，背人各自抱秋心。

望君终不至二首

其一 深闺

惜花公子未曾折，寥落鲜红心似煎。
秋水明光簪绿鬓，真珠绣履印苔钱。
日摇香慢幽幽苑，屏掩楼昏梦梦天。
我所思兮不得见，忍教别久宠恩偏？

其二 山鬼

兰旌岩盖望年年，幻灭千山退万川。
久食丹霞自粉面，满簪白露胜珠钿。
渫云旦暮吹轻影，夭棘参差挑冷烟。
薛老苔荒泣山鬼，萧萧秋堕似哀蝉。

兰

潇洒全身万物轻，素心秀骨冷盈盈。
满庭密叶青眉竖，一箭高标兰眼瞠。
不学承恩贮金屋，岂缘结佩剪瑶英？
贞芳自谪凡间委，应是幽人藐玉京。

镜花

新裁罗胜贴鹅黄，宝鉴初开秋水长。

照影除非临洛浦，寄情容易下潇湘。
鸾惊残梦怯翻舞，鹊厌愁容罢试妆。
一半菱花怀抱久，千金不遇是杨郎。

游神曲

地若熔炉穹盖擎，百代红尘同一烹。
神驰意造春千里，空空乾坤转大明。
辇动八方出白水，蛰兽昭苏冰雪死。
裙铺三岛耀彤霞，丝履碾烂蟠桃花。
老农呼儿起早耕，羸牛牵车呕哑行。
宫人销夜费蜡火，恶龙盘盘唶金锁。
贵贱相逢此尘笼，尘笼何处不春风。
劝君勿求长生药，勿为永乐耽行乐。
神仙无哀亦无悯，人间祸福皆一握。
竦魂形兮立窅冥，句芒吐气分清浊。
清者迤逦上凌空，云气泱漭日曈昽。
浊者下沉潜阴壑，草树绵幂隐山泽。
中有瘴鬼名魑魅，嗜食人肉折宝器。
重幽叠邃猛虎藏，目夹金镜射寒光。
赤岩峥嵘青溪侧，云松烟萝千古色。
徐甲无身白骨寒，犹有痴儿夜烧丹。

春日宴

薰风四面卧中央，金粉痕多檀枕凉。

红帐嵯峨绿莲桷，华灯错镂兰膏光。
露下海棠睡未足，晓燕娇莺相催促。
迟日烘晴菱花净，蛾眉千金不能赎。
前欢始是掩歌扇，夜夜待此再饮宴。
使君在席我拂弦，对面不识劳相见。
秋娘垂泪杜郎狂，杯盏相传照鸦黄。
柳腰舞断乐无极，纤手光溜袖得香。
重燃绛蜡背绣筵，缃桃弄水玉井凉。
冰轮凛凛清照远，有女拜月陈三愿。
一愿青春遇良人，白头翁媪敬如宾。
二愿儿郎折桂枝，喜鹊摇尾报乡邻。
三愿朱颜留艳彩，莫令相思容易改。

寻芳行

层岑朝夕幽气稠，烟耸老翠山如浮。
曲壑阴寒更潜通，断径无碍访标容。
一树琼瑶半坡栽，十月油茶造化功。
凝碧枝头藏珍珠，看剥素房玉玲珑。
可惜好物不长久，开无人赏谢匆匆。
新捧金蕊夜脱香，暗擎白羽逐秋风。
怨君易放花凋零，妾自裁枝供双瓶。
应恨飞花抛身轻，年光摇落便关情。
若是缘悭汉皋台，徒悬灵佩响铮铮。
若非痴心百捣霜，蓝桥仙窟误云英。
春日游园轻许诺，别久始知欢缘恶。
男儿有志在青云，安能结爱如结索。
露桃瘦骨偎芳菲，金泥带重罗衫薄。

冻蚕不鸣嚼百草，抱花重上相逢道。
白帝失子操剑起，摧残银杏一行死。
凄凉忍阖黄金扇，蝴蝶舞衣阶前烂。

东湖秋晨

渊沉鱼龙冻千丈，夜气残存瘴烟荡。
倏忽朝暾飞上天，晴光渥耀出万象。
直折野筱压白草，芦洲数点野凫小。
远山一抹画眉长，移来海水不可量。
不可量兮愁如此，高牖先知梧桐死。
霜涂红叶欲灼灼，谢娘莫梳青丝薄。

房中思二首

其一

轮光升兰庭，雕檐垂小星。
朱牖夜不闭，幽花带露腥。
翠烟喷宝鸭，香霭远山屏。
束带双鸳纹，困迷卸罗裙。
青春无人见，月高深深院。

其二

锦帐放娇娃，玉钩流苏斜。

罗枕荐春香，中藏金蕊花。
吹梦随息息，闲销东风力。
莫忆前年春，为怕春颜色。
绣窗飞红湿，愁脸有双泣。
莫忆桃花水，相照年光涩。

致春英诗社

天命因缘此散聚，金钗花灯光无数。
当时欢宴正相招，当时岂料别离苦。
鸣琴摇佩笑先闻，似梦非梦逢朝云。
屏风薄透桃花腮，盈盈初试石榴裙。
不堪风雨春脱红，不堪流光莺声中。
拂尘开镜摹远峰，有所思兮髻盘松。
柳窥雕鞍恨难留，铜绿簪上美人头。
美人头上夜生香，红窗倚看风扬扬。
晓风吹樱玉堕泥，晓风吹残景不长。
杯到春深徒留醉，曾是花中无比方。

珞珈山六艳图·记一次古装毕业照

青栎树，深有露。
林郁郁兮鬼窟云满藏女巫，玉脸巧垂红珊瑚。
流溅溅兮瀑沫挟花到清渠，水仙潜出下鲤鱼。
烟氛疑是烧丹早，白衣童子献瑶草。
山深那识人间路，人间易被多情误。

当垆红衣灼烈烈，胡姬虽笑心如啮。
绣楼小女亦风流，挑绿点朱郎不留。
剩罗带，结百忧，宫人寂寞汉殿秋。
纵有风光浓堪夸，纵使行行负年华。
欢时人不悟，世事等空花。

桂花

弥弥秋水深，秋树垂惝惝。
矮堕绿髻斜，西风夜拆花。
密云窣黄金，衔玉未有瑕。
晚凉香欲滴，抱影如抱戚。

南山

曾赋南山好，南山连水云。
我言翡翠合，君比画屏分。
离别犹关意，相思去不闻。
行行采一束，空使春风焚。

牡丹篇

花非花，娇红露。
软垂绮罗裙，抱蕊如深诉。

东湖之东费行寻，江南珍卉值千金。

值千金，起淫心。

霞拥小径仄，蜜熟蜂来食。

天香风欲薰，僻园死国色。

月出人烟少，窃花步悄悄。

青玉案

　　无情院落闲愁客，又重到、秋千陌。烟里画堂浑似昔。春苔曾印，芳心曾拆，青帝曾相识。　　黄昏相见梨花宅，清瘦形容小亭侧。憔悴三年犹梦得。宿妆轻画，彩簪轻择，绣阁轻收拾。

菩萨蛮

　　幽期能救心肠破，双敧也学鸳鸯卧。秋雨木芙蓉，胭脂寒处浓。　　虽逢君采撷，花面何如妾。良夜玉团团，凤楼消短欢。

燕归来

　　银灯小，月帘栊，琼树水亭风。落花天气去年同，相见绿杯空。　　斜桥口，青青柳，念否玉人归后？韶华虚掷似春红，春破梦难通。

蝶恋花·殉情

魂梦吹成长夜雨。怨曲三弹，无计留君住。琼苑初寒凋玉树，小亭风月偏相误。　　戚戚人间春欲暮。薄命由天，天见天还苦。醉里重逢桃叶渡，杨花白煞鸳鸯墓。

踏莎行·酒鬼老头

宝剑悬龙，珠钗滴翠，柴门下马迁金辔。罢筵开宴想当年，凤楼初唱南歌子。　　负了旧情，来逢新醉，料无他物堪相比。残春抛我脆头颅，且教落落如花坠。

水龙吟·樱吹雪

丙申初春，乍寒时候，樱开早，雪吹迟。

欲吹不到郎边，清寒暂向琼枝住。敲花细雪，纷扬容易，撩人情愫。士女相呼，轻裘夜会，佳期难遇。却深屏独坐，怯听笑语，旧时恨、无新故。　　想见玉团云聚，遍玲珑、瑶姬眠处。藏娇名苑，幽情谁遣，绿窥红妒。风力翻衣，扑窗盐絮，抛愁来去。纵东君宴客，敛容垂袖，自矜眉妩。

史欣灵的诗

史欣灵，陕西西安人，1995年生，春英诗社社员。现为武汉大学历史学院2017级研究生，主要方向为中世纪晚期近代早期欧洲史。论文之余好作诗词，曾获首届江城大学生诗词大赛三等奖，作品见于《心潮诗词》《诗词中国》等刊物，于2015年、2016年担任樱花诗赛初审评委。

临江仙

半面菱花残粉堕，烛高光曳溶溶。鸳鸯新帖绣罗红。燕归深院静，花落小亭风。　　拟寄东园池上柳，重门不到征鸿。十三弦上瘦华容。眉间多少恨，和月到帘栊。

蝶恋花

怨曲元为天上谱，调转梅花，吹彻秦和楚。宛转衷肠无诉处，相思点点皆尘土。　　半世得卿怜一顾，半霎魂消，半晌痴情误。家向江城云外住，春深不见长安路。

题扇

一萼出章台，半遮红玉腮。
背人匀粉面，未敢向君开。

玉楼春

我在长安君在楚。别浦桥头天欲暮。白云应可极潇湘，栖落江南春好处。　　折柳折梅江畔路。江水年年分子午。有情不必祷天孙，此意人间须莫负。

生查子

抱琴上玉楼，独坐寒侵晓。柳下去年舟，寂寂生春草。　春深不见君，唱断梅花老。头白莫相离，日与君同好。

蝶恋花

一片风抟云五色。燕燕其来，字有芳心拆。游侣时携红袖窄，含情常在秋千陌。　知我年年为楚客。月照江帆，形影春山侧。愁近长安犹可极，相思历历无南北。

一剪梅

借得秦娥碧玉箫，不入阳关，怕作悲寥。江南渭北两迢遥，柳绕旗亭，樽满陈醪。　记取春来意态娇，多少情怀，究竟难消。帘开卧看月弦高，好道归时，再许君邀。

水龙吟·送君别长安

从来心事无明，更如今别时情绪。江城念远，长安春色，一枝先许。久负樽前，阳关曲按，故托愁与。顾斜阳渭水，芙蓉圃上，曾携我、梅花侣。　也道西京好处，奈斯人、久难羁旅。栎阳故地，行行车马，黄尘飞举。纵挽长条，诗酬明月，从谁看取？便凭栏深忆，梨花伞下，去年青雨。

绝句

梨花天气放轻舟，夹岸东风老渭流。
借得南原春意好，一襟清气上城楼。

杂感

兰台坐久不观诗，负尽东风最盛时。
俯仰非关十二气，古今原是一般痴。
文章好处从人见，江海劫生惟自知。
未许殷勤青鸟住，年年春色荐新枝。

闻郭培风公赴日访学将行次韵以寄

由来世事道无非，去国辞乡意不违。
南岭诗笺传浩荡，东溟客迹问玄微。
浮槎此日分花去，盛驾明年负箧归。
闻有中州遗韵在，或须着尽大唐衣。

喜迁莺·推免有感

　　江城秋气。著一襟风色，层云渐起。问汝来时，去归何日，可与明年期矣。好向兰台置酒，或倩二三客子。俱过也，勘年来事事，每相牵系。　　　言自长安始。重许珈山，料前缘如是。故纸殷殷，文章历历，无出事迁时易。惯卧西楼睡雨，试卜江南一味。泊舟处，乃斯人候我，有情深寄。

生查子

栎阳城上旗，渭水桥边柳。徘徊郁者谁，云是耽情某。无梦念斯人，空照形容瘦。江月数重山，更在他山后。

浣溪沙

其一

瘦减梅花百劫身，经春容易便销魂。情生病骨每温存。已向兰台耽搁久，平生不是作诗人。闲翻书卷到黄昏。

其二

莫向余春去处寻，西洲故事到如今。夜中抛卷费沉吟。除却相思无恨笔，情生病骨每惊心。桐阴窗下正深深。

生查子

别亦曾经别，返是明年返。忆君似长眉，一带春山远。佳约每常迟，欢会原来短。款款叙当时，忽忽岁将晚。

浣溪沙

一片芳阴岭上分，山家炊气际垂云。东风渐老渐残春。
水涨轻红犹脉脉，雨晴浓绿正沄沄。看花若是去年人。

生查子

秋老渭之阳，叶堕骊山侧。行行问所思，言在长安北。
八水带愁深，不载江南客。斜日下江陵，意意相煎迫。

生查子

有风西北来，簌簌敲梧叶。霜色映虚堂，夜照寒如铁。
被我客中身，非我秦关月。家月或能圆，此月有时缺。

浣溪沙·晾的衣服被吹落

大梦身前未见收。看花独占小银钩。偶然风劲汉阳秋。
徇此飘摇能一世，生涯无据也无俦。那年身在最高楼。

蝶恋花

　　四面云深迷古渡。苇老西风，冻水流零处。造化由来知几度，平生偃仰谁为顾。　　萧条又至人间暮。身寄浮萍，好作波前赋。埋我终南山下土，明年分绿应无数。

过渭河大桥

一水从西来，宛宛出秦国。
木叶感凋零，边风袭远客。
村居仍古人，生长颇自得。
榆柳植其旁，稷麦生其侧。
耕老渭河滩，沙水相侵塞。
欲渡云烟生，野草杂荆棘。
羊牛晚徘徊，夜鸟声相抑。
渭水东复东，不载春消息。
迤逦栎阳城，迢递长安北。

古风赋长安骤雨

城头旗色暗黄昏，神女特地下云门。
珮环十万结广袖，动闻玉振古声存。
顷尔萧杀气转隆，雄戈丛戟逐西东。
瞳昽黑侵截远堼，光劈金镜咸阳宫。
夷陵火照欺白水，夜哭秦王阵下鬼。
斫剑斯是破军时，直取黄河一千里。

渭北势苍苍，无乃古栎阳。
垂索四面腥犹在，毋走商君气回惶。
湿结黄土抟浊色，连连一带荆山侧。
云低苦压鬃头白，怒起原南秦关客。
襟扫庭枝青如铁，阶上离离生艳血。
能斩蛟鲸流不去，欲发遗响道中绝。
拆散珠箔缭乱飞，堕冷窗风搴入闱。
由来今古迷分际，往隔人事故霏微。
事去长随雨云收，腾波渺渺唤人愁。
有虹遥接沙草上，别注东海看浮沤。

东湖边偶闻军号

东边营舍西边垒，连连行帐傍湖水。
有人司号在黄昏，一声使我霍然起。
故家西北隔程程，栎阳城上多此声。
朝闻出训暮闻归，日日惯听寒角鸣。
千家令指更无违，吹彻高秋旗正飞。
往往遗音能入梦，时时在耳对相催。
我来江南长作客，久绝其音耽卷册。
对此能无短长吁，初闻如忧后如迫。
十年楚旅别南北，生属长安归不得。
仰看日暮下苍鸥，水色沉沉云脚收。
遥怜渭北经行处，过尽山山不到头。

偶题乱葬坡

云蔼蔼，雨苍苍。

小鸠三五粒，坟草出青黄。

伏丘浅土地气湿，无碑有碑不成行。

下有神王频看顾，年年分绿到白杨。

去年奠纸东风里，湿破黄钱黏不起。

明年造化托蜉蝣，乞尔朝夕无虑死。

百岁生来多病厄，岂贪人间长作客。

如何青鬓也斑斑，取寓南山或北山。

南山螯，北山高。

南山之侧无松柏，北山之坳见荆蒿。

魂兮魂兮胡不返，日暮迢迢关山远。

出入城郭各有分，生死相为异路人。

生人逐南死人北，曦舒不至斗室黑。

乐莫相念苦莫悲，别来多恨岂堪追。

一身哀乐俱成尘，萧萧风老汉南春。

前生百事徒留意，往吊无人野草亲。

熊伟东的诗

　　熊伟东，常用笔名梦桥、柳三青，1997年2月生，现就读于武汉大学。

枫十四石溪五首

瑶草烟寒隔一江，当时唤渡有吴艭。
石楼红叶笼秋梦，人在玲珑第几窗。

又

春山寂寂水茫茫，玉户屏开薜荔墙。
鹤梦时惊仙犬吠，莫将错认旧刘郎。

又

玉沙琅叶净生光，水到桃源路渺茫。
舟子无心歌棹转，重来我亦是刘郎。

又

斜日萧萧下琐窗，双凭虚幌照银釭。
今宵莫话人间事，牛女空明碧汉江。

又

不辞燕子画楼中，每抱清波醉晚枫。
一夜星辰结晓梦，此情无奈是朦胧。

秋海棠

亭亭汉皋女，依约认前盟。

粉颊匀新雨，宫腰挽翠缨。
霜飞天地夐，目断水云横。
迢递春归路，西风第几程。

寄老龙

江汉曾为客，平湖坐忘归。
清醪凭夜永，山月共霏微。
易水歌犹在，高卢马正肥。
风流同一梦，花事莫相违。

东湖散步一首

得似垂纶者？微茫独立时。
三山不可即，一苇欲何之。
鸿雁隔秋水，金鳌掣巨缁。
因怀五湖客，空念鹿门期。

二月初十登万林观光台

小子矜怀抱，迎春半已开。
晴山生霭翠，沙穴涨潮洄。
游女携将去，鸣禽盼未来。
樱花十日作，青帝莫相催。

玉兰

经行感物华，短陌绿云遮。
嫩蕊商量著，深根寂寞赊。
待成顶肉髻，稳坐玉莲花。
嘉彼木兰质，求之作客槎。

对美人眸

惊鸿初试洞庭波，秋水含星点绿荷。
风月无边迷晓梦，蒹葭两岸动渔歌。
红桥系马看如是，青眼投诗赠汨罗。
一棹潇湘人去后，思君脉脉似愁蛾。

丙申冬至轻羽问寒假归期因忆国庆与小晨访之于西安后一日书成以寄

长安北望劝加餐，徙倚南楼十二栏。
一字冥鸿楚天远，半江落照彩云漫。
逢迎紫陌同为客，攀折柔条倩正冠。
算指蔷薇归去日，岂无春色惹人看。

绿色荧光蛋白

探赜寻微有聚萤，管窥穹宇列华星。
蓝田窅渺生晴霭，春水游浮涨绿萍。
风景今宜排闼看，秋千不必属垣听。
诚知生物皆殊相，别有通灵系一灵。

菩萨蛮

　　鹧鸪惯作空中语，秋山一夜听秋雨。枕上看初阳，今朝风味凉。　　由来欢会少，剩与佳期老。向晚不逢人，忽疑柳色新。

减字木兰花·七夕

　　天孙已老，故事人间欢会少。灵药偷回，寂寞还怜双燕归。
　　画梁春尽，梦里不知身远近。也似渔人，落遍桃花去问津。

阮郎归

　　教四楼常年生爬山虎，又名红丝草。

　　碧波春涨上重檐，侵寻北户前。幽光不用情垂帘，熏风催入眠。　　莺宛转，蝶翩跹，窥窗晓月闲。婵娟如梦水如天，红丝几线牵。

阮郎归

元旦过教四，爬山虎叶蔓皆红。

疏林依旧少人行。轩窗树色青。忽闻楼外鹧鸪声。风高日景平。　　时断续，苦叮咛。明年春草生。寂寥容易壮心惊。归来寐不成。

踏莎行·与博文世略游东湖听涛

蝶梦难成，莺声易碎。绿杨枝上高飞未？凭君欸乃入清湘，鱼龙惊跃随流水。　　折柳微醺，簪花欲坠。欢颜为取千钟醉。何当一笑解风尘，平湖画舫长相会。

踏莎行·感孙恺幽梦约赋

梦好难留，诗残莫续。恹恹始觉春风绿。横斜影压旧窗棂，珊瑚枝抱栏杆曲。　　幽径追香，凌波生縠。妙簪红蕚斜遮目。天台刘阮若归来，梅林小筑成双宿。

定风波

辜负当年弹铗歌。虬髯心事渐如何。被酒佯狂君莫笑。年少。青春常恐半蹉跎。　　夜色沉渊寒漠漠。寥落。一江烟雨暗渔蓑。愁剪孤灯光奋跃。惊觉。不辞扑火化灰蛾。

行香子

　　渐冷香狻，待掩重门，更萧萧细雨停云。西楼人懒，独对黄昏。念春容旧，秋容晚，客容新。　　黄牛短笛，横塘古木，怕菱歌梦里非真。甚时归去，醉卧江村。指桥边柳，梅边月，鬓边尘。

水调歌头·自神农架归珞珈作

　　青龙盘玉髻，百丈倚晴空。不知风色谁主，造化独留功。妆就千山云锦，应是天河织女，来下碧华峰。烟雨迷濛处，冷岫出孤鸿。　　问椿寿，寻百草，拜神农。水帘月下，惊觉猿啸响溪松。何处凌波冉冉，未有二三客子，胜事与谁同？还怜青凤影，转入画屏中。

水调歌头·桂六二楼窗上藤蔓根生大门西阶下

　　青门临大道，紫蔓结窗棂。春风承意留种，出落已亭亭。独惯深心祷寄，待看凌云气势，相顾两多情。解语中宵细，不辨梦和醒。　　廿载事，千百虑，总无凭。慧根犹在，不用来往感枯荣。羡尔三生净业，作笑拈花难学，入定似山僧。早晚法身见，为我发华英。

喜迁莺

初秋与张生访老斋舍，修缮一新，渐有人居。适秋樱初发，老树新芽，摇曳零星。

小窗闲格。为斜簪一脉，玲珑秋色。嫩蕊含砂，轻霞巧织，窈窕葶华凝碧。谁与目成心许，心许也无佳实。春去久，念殷勤粉蝶，何处寻觅。　　难教多情摘。旧苑西墙，相对看今夕。月半帘栊，人凭虚幌，似此闺中曾识。欲寄秋风问讯，漫说晚凉消息。最幽咽，是花魂清怨，有谁堪惜。

喜迁莺

初冬，博文谓余曰："星湖岸闻女子吹笛，不类凡音，疑为狐。"余笑叹久之。

愁云未发。有江南铁笛，凭谁吹彻。远浦烟轻，白衣露重，倚得一枝香雪。葶绿华来无定，萧瑟西风雨歇。柔黄冷，更泛商流徵，声声清绝。　　相对无由说。也似桓伊，三弄梅花阕。南陌驱车，清溪返棹，从此江湖远阔。算到蔷薇开尽，后约难寻绛阙。藐姑射，怅霜天寥落，千山皓月。

赵汉青的诗

赵汉青，出生于 1997 年 3 月。2015 年考入武汉大学，现就读于物理学基地班。自幼喜爱诗词，尤喜梦窗、海绡、梅溪三家，虽未通晓诗律，但填词娱己无暇时。

卜算子

夜久人乍醒，客枕凉于水。心事而今剩几何，认取襟边渍。
细雨碎街灯，明灭如尘事。取纸无聊懒填词，漫写君名字。

卜算子

倦影渐支离，碎在疏丛左。转角街灯映梦痕，照老年年我。
索句苦将瞒，心事犹难锁。猛忆当时签上文，此谶堪真么。

浣溪沙

柳点霜铅眼未青，旧寒犹傍小旗亭。晚烟荡渚又清明。
隔岸喧声沿沸火，经年短梦卧残冰。春衫几剪瘦犹惊。

风入松·听歌

谁家旧曲落孤窗，渐转微茫。歌中故事沉埋久，暗尘起，尽
殢回肠。依约余香压带，忽惊瘦到春裳。　　雁行零落赏音亡，
换了伊凉。梦痕重拂具前恨，凝铅露，漫染愁芳。回睇东风吹
鬓，无言倚老斜阳。

高阳台 · 重午

路竞笙箫，镜开戏鼓，汀菰渐转年光。自买菖蒲，待剪浊酒凄凉。红梢照眼犹前菶，但心同，梅子青黄。甚年年，莼梦留痕，渍染征裳。　　背城渺渺青天淡，望关河满眼，客久行藏。莫唱招魂，语湿烟水茫茫。去车影断云沉处，想楼头，褪缕垂香。向樽前，汽笛声声，紧送斜阳。

台城路 · 丁酉重五后数日

飞骑不向燕然去，城头障云先蔽。野户荒鸡，遥烽断影，金铁又鸣故垒。霓虹炫紫。映乱焰旄头，沸街潮碎。似涌边尘，箪壶谁换肯如此。　　灵飙吹落颓日，鹤归堪认处，御沟流水。颂圣歌吹，胡旋舞起，争殢承平漫醉。青天回睇。早故国春残，路飞红泪。吊古行人，莫先思往岁。

烛影摇红 · 用老郭韵

渐老风花，拥窗灯影迷望眼。暗尘吹起压新词，都作愁堆案。倦枕凄凉月转。奈障云，巫山隔断。蘋花衰鬓，前事枯灰，襟前泪遍。　　中酒离怀，此情缥缈同春远。关河无地贮相思，偏贮心肠满。烟暖河桥流盼。问堤柳，年来可换。微波涨怨，旧绪绿窗，难凭香腕。

解连环

障风愁结。已金钗信杳，钿车音绝。算几回，空怨西风，换嫩约幽期，落江霜叶。香径池亭，人去后，露重千叠。便东君不到，黯作年年，凄红啼鴂。　　花间一生似蝶，纵拥香殢酒，旧梦难歇。总记他，携手西厢，忍重唱当时，玉台歌阕。鬓上蘋花，照铅水，心期寒彻。自望到，月斜斗转，冷空雁别。

琐窗寒·闻某公事，和碧山

伫久斜阳，尘衫渍满，荡烟闲宇。春窗试酒，傍夜语欢灯户。玉龙横，岸梅零老，凉帆飞趁东风去。倚晴堤望彻，莺枝细折，系人偏住。　　潮度。西陵路。漫去水飘红，岫眉瘦妩。刘郎自老，梦锁楼台何处。换蛮薰，愁暗寒煤，铜炉不记燃烟柱。更奈他，待说心期，燕噤黄昏雨。

燕山亭·和海绡

风阻颓云，烟鞿断柳，何况连宵浓雨。中酒自扶，晚眺强临，到此残山谁主。野店空梁，听凄恻，斜阳烟语。相诉。共迹浪青萍，万重心素。　　骄骢醉踏香尘，凭谁话前朝，最添情苦。有限年光，无定花月，依约梦华曾顾。弹瘦冰弦，早不是，入时歌谱。低数。荃尽雪，年年犹故。

琐窗寒·用海绡韵

纸记谁名，风翻脆页，暗虫曾听。春芜绿窈，无力鹃啼幽径。怕东君，也嫌残客，逡巡心数旋重省。漫灯花结豆，啼绡赚雨，镜空尘冷。　　云凝。相望迥。正芳草沿程，黛山愁暝。相思一缕，遍索旧题难咏。背宵深，倦月依窗，故欢自枕堪夜永。但梦魂，荡入新萍，怨老寒灯檠。

忆旧游·对夜依黯猛忆"叹护林心事，付与东流，一往凄清"句，乃依其韵赋此

独带愁归去，闲引疏光，一抱星清。遥黛铅华洗，又杨花昏转，漫飔新萍。怨桐恨回吹絮，径窄惯行经。怅幽事年来，未同春发，却与春零。　　宵心。伴灰烛，作啼鴂芳菲，红断难荣。枯倚窗寒久，背倦灯索句，翻尽悲声。多少客里孤梦，泪咽落凉馨。寄片纸相思，千山淮月沿去程。

一萼红

望神京。正铅云野岸，霜逼客心惊。楚水接天，洞庭波渺，寒叶散作流萤。且休作，悲秋章句，愁萦处，潮落咽江陵。蔓草昭阳，积尘长信，盘露如零。　　重来莫寻古巷，道人间乐土，漫颂升平。向晚霓霞，充街车马，隔窗玉树新声。早遍眼，一般风物，新燕到，灯火旧空庭。自谱江南古调，奏与荒汀。

三姝媚 · 次韵海绡

梦黏疏滴上。碎影渐飘窗，客边愁长。夜杪沉沉，问移灯添烛，几时堪向。怨粉楼台，筝语断，签声犹傍。栖燕枝柔，缀锦霜浓，总悭吟赏。　　尘事春前易怆。又沁碧疏帘，卖花深巷。便集平沙，落去潮俱渺，漫成凝望。枕雨依风，衰帽雪，年华轻放。軃袖枯吟前句，孤欢难强。

双双燕 · 本意用野村篁园韵

晓烟润碧，认初剪绡裙，拂花青羽。争飞并远，重向隔年行处。谁占东君是主。卷罗绣，翻铃琐户。相衔柳岸香泥，掠入天街膏雨。　　频诉。呢喃万绪。更报得幽情，好传笺语。红丝曾系，暗结两心欢缕。栖稳文梁对宇。又趁蝶，斜穿花树。春风半面绿窗，准拟小桃秀句。

孙恺的诗

孙恺，1998年7月生，安徽淮南人，现就读于武汉大学化学与分子科学学院，爱好自然科学的同时也钟情于古典诗词，为春英诗社社员。

绮怀

斜日弄晴人散初，冷香缭乱玉痕疏。
花前看取春颜色，梦入莲心总不如。

中秋后作

惯作江城落拓身，年华渐减老风尘。
乡心敛尽情弥切，蝶梦迷时意未真。
趁醉持觞寻旧径，凭栏待晓到霜晨。
玲珑月色还明灭，拣取寒枝赠客人。

诗社求得荼蘼签感怀

莫与荼蘼定约期，陈笺辜负意迟迟。
有情偏作无情语，秋恨争如春恨悲。
芳径娇莺萦客梦，清灯冷月敛愁眉。
等闲坐看山花老，送尽春风不自知。

注：荼蘼签签文有"送尽春风不自知"句。

闻父亲急病归家等车时作

梧桐零落遍，秋气益添悲。

怅望暮烟远，心忧车马迟。
寒风老椿木，冻雨滞归期。
重过画堂北，殷勤理碧枝。

征妇吟

三月花争发，殷勤为报春。
卷帘寻芳讯，寄与陇头人。
和风逐新叶，微雨浥轻尘。
清馨满城郭，郁郁透重门。
年年花色改，开落亦有时。
戍人音书杳，相会再难期。
深闺寂寞久，寒霜侵鬓丝。
遥望长安北，尽日起相思。
当窗倦梳髻，对镜懒画眉。
拾得香一束，枝叶长别离。
唤取北归雁，替我诉衷词。
香残颜色老，莫遣故人知。

清明夜宴

小巷风轻翠钿柔，翳云清浅暮霞收。
连环灯火成双影，几许流光映醉眸。
夜宴承欢芳梦觉，晨花带露暗香浮。
倩谁记取江梅约，收拾蓬门更献酬。

近日风雨频发有感

枕上檐声梦不成，乱人心曲到三更。
江城惯作无头雨，未解何时会有晴。

五律为江五剧本月儿作

秋风无定据，秋思亦如之。
不织双鸳侣，慵描八字眉。
枕边星正湿，闺里月长悲。
鸿雁高飞尽，裁书更与谁。

　　注：江五，春英诗社"江城五月落梅花"诗乐舞台剧。

花筹自解 · 玉簪次韵伟东

金钿为刀骨作柴，芳心渐老世情乖。
月娥未解人间事，夜夜流光到素斋。

　　注：玉簪签签文有"素娥失落"句。

花筹自解 · 玫瑰篇

捻花枝，理金杯，倦倚玫瑰醉绿醅。

夜半灯火正熹微，照人双影共徘徊。
颊上胭脂色，鬓边红玉梢。
倩谁赠我香一束，报之琼琚与琼瑶。
拆坼春风无限意，片片飞花落谢桥。

注：玫瑰签签文有"为谁徘徊，春藏锦绣风吹拆"句。

平旦初行东湖绿道

驱车直上磨山西，晨景半分绿柳堤。
日早游人行未至，鹧鸪先作一声啼。

人月圆

窗前看尽春来去，开落半帘花。夜阑风静，中庭月满，枝影横斜。　　枕孤衾冷，难成好梦，枉乱宫鸦。轻铺素笺，妆痕染遍，寄向天涯。

鹧鸪天

潇潇夜雨透疏林，叩窗入梦作悲音。寒灯漫笼阶前影，客子长怀故国心。　　花辞树，柳成荫，更无一物可堪吟。去年风景已难觅，人面争知何处寻。

踏莎行

嫩柳遮帘，层红叠翠，暖风容易熏人醉。和衣倦卧小窗前，听君话尽江城事。　　好梦由心，乱云随水，今宵风露同谁立？东湖风景正相邀，撩人心绪难成寐。

临江仙

五月春归梅花落，凭栏认取花枝。遍邀客子共传杯。沉吟弦断句，酒过应声迟。　　情知此后容易别，向人寻乞心期。江城梦尽易成痴。与君同一醉，捱到月沉时。

鹊桥仙·送毕

柳斜风急，雨疏云断，难挽征鞍留驻。阳关唱遍已难禁，况又到、残阳春暮。　　青鸾路绝，西秦人远，此恨重重无数。酒酣坐对夜阑时，添一段、恼人情绪。

蝶恋花

独对黄昏无意趣，身似浮云，聚散无凭据。频寄霜风兼夜雨，怨春不带愁归去。　　斜倚玉山寻旧句，未解相思，却作相思语。香乱雾迷桃叶渡，好花碍断潇湘路。

喜迁莺

拥鬒鬓，锁箔闱，妆半目帘垂。廊间莺燕莫相催，重拟小山眉。　　西风平，秋云霁，解道玉人心事。画堂丹桂贺王孙，香沁绿萝裙。

浣溪沙

欲向五湖作剑歌，年华渺渺感蹉跎。一腔宛转对愁娥。休惧西风欺远客，任他吹冷洞庭波。寒蛩鸣尽更如何。

踏莎行

梦好难留，诗残莫续，阶前闲看苔痕绿。不堪秋气作悲声，时时犹忆江南曲。　　远黛横山，江潮如縠，盈盈遮断行人目。一川烟雨噤寒蝉，夜深独抱孤云宿。

少年游

春风不遣柳条青，芳信杳难凭。海棠初发，都无人赏，惆怅锁深庭。　　关山阻绝双鱼意，犹自费叮咛。小园寒风，侵帘夜雨，断续不成声。

忆少年

花边冷露，花前曲陌，花间闲客。琼英觅无迹，剩青红颜色。　　玉骨魂销春草碧，辜负了、春风词笔。寒香凝远梦，忆梅边吹笛。

浣溪沙

聊为芳春醉玉卮，晚寒侵透旧牛衣。年来惆怅懒为诗。枕上三更清梦冷，人间四月落花迷。阶前时有杜鹃啼。

高阳台

嫩蕊含香，轻红衬叶，枝前好做春眠。小院人稀，又偷几日安闲。芳信未至莺声远，也不知、墙外云天。闭重门，栖老琼枝，独自清寒。　　东风卷起玲珑玉，是天外星宇、散入凡间。飞雪盈窗，依依铺遍朱栏。经年困锁廊桥下，只得留、青帝残笺。望斜阳，把些浅影，吹落眉弯。

玉蝴蝶

唤取东湖月色，殷勤为我，沁透轩窗。灯乱雾浓，砌下落影成双。篆烟熏、离魂渐远，露华染、玉枕微凉。意微茫，琼歌醉月，鸾珮沉香。　　遥望，江潮如縠，目极烟水，楚梦堪伤。杏怨桃愁，几番遗恨到潇湘。想秦筝、素弦清冷，倩谁人、谱出衷肠。遣流光，把些心事，细细思量。

高晶晶的诗

高晶晶，女，1998年9月28日生，吉林人。现为武汉大学国学院2016级本科生，春英诗社社员，常用笔名八庚。学习旧体诗词创作，下笔极慢；学诗唯图一乐，诗、词俱欠佳。

丁酉四月游三孔二孟并登泰山二百八十字

文庙钟鼓出云壑，四月古祠风落落。
汉碑波磔岩花老，往贤历述先师道。
朱檐兽脊架碧梁，上栖描金双凤凰。
堂前巨柏莽苍苍，青烟熏得朝服香。
铜针偏指午未暑，奉爵持笏列班位。
长稽四圣东西哲，五赞声声似笛裂。
阖户礼罢雅音散，我思仲尼启毓辩。
青板石栈行径隘，恂谨慎终精义微。
行吟述言如闻韶，疏粝粗餐皆足为。
忽掠洙泗水溶溶，须臾又访泰安城。
泰安横堕泰山上，四顾苍壁隐层棱。
欲寻千岩不辞险，欲凌齐鲁穷攀登。
顽石荦碻无道路，荒崎嵁隤有奇松。
嶝道深苔冷冽声，不见涧泉寒烟中。
玉顶白云着满袖，始知身入九天重。
我将长居吕祖洞，餐英啜露乘仙风。
停机坐忘圣贤化，造化自然无行踪。
凉夜松间烹沈醴，朗月素影濯清溪。
由来独卧高石上，忽忆江城梅花期。
思我梅侣暂归去，与君快饮长江浦。

注：江城梅花期：时值春英诗社诗乐剧"江五"排练最后一周，当时为"江五"编剧。

江五东湖观日出补残句

东海有仙山，浩渺云水间。
浮鸥入荻浦，涛练自极天。
红日出峦峤，灿然楚越连。
好乘长风去，直取一蓑烟。

感伟东"死生堪托"句回赠

少年痴绝益转悲，年来经事识块垒。
曾聃濯水枫石畔，今忧风雨松径叹。
深心肯履西行路，奋追先古传诗赋。
莫叹茕然不辞险，青山桥柳有知己。
为报高情沥肝胆，殷勤百年直生死。
愿君勿负西窗约，愿君勿拌轻微体。
坚顽我自来北国，平生何惧寒霜逼。

过梅园

　　初见梅花，枝上粉黛如烟，园中草木如墨，皆与所想有别，因感记之。

初闻玉蕊砌冰魂，仙骨白肌生厚坤。
乍异纤枝匀粉嫩，更奇黛叶点黄昏。
几番骤雨深春意，一树残花满地痕。
无雪无寒俗样色，纵来和靖不开樽。

齐天乐

几回春日闲愁里，枝头细看新碧。芳草还生，飞红无定，梁上双归燕立。那年今夕，误拂七丝弦，屡教怜惜。暗许琴心，合欢帐角绣纹密。　　夜沉斜月弄影，又披衣拾起，红笺残迹。团扇轻裁，斛珠散落，恐掷莺莺痴笔。萧郎难觅，剪一缕情丝，数根弦瑟。露湿寒衾，卧听残漏滴。

晨雨观樱

飞鸟空山寂，流烟半浥尘。
遥怜千树雪，并染十分春。
淡蕊含清露，浮香绕佩巾。
花间一枝雨，湿透看花人。

望远行·忆高中事

绿蔓清风小步廊，曾识倚松窗。赌书专是费思量，新好旧时光。
绒键重，羽球轻，月钩初上阶庭，夜沉相坐语轻盈。重梦旧年记犹清。出室诧相见，却误子都声。

南柯子·灯谜会

玉钩新月晓，长桥挪步迟。红联底下费凝思，正映流光倩影鉴心池。　　　且醉长歌起，倾君一世痴。那堪别离暗相辞，莫忘那年灯火破橙时。

注：丙申灯谜会与时友为伴，同剥一橙，今已不复。

朝中措 · 换届

仲冬晓夜点星寒，楼上酒家喧。几度诗筹摇落，薄胭也上芳颜。洞箫声里，故人新见，灯火阑珊。拼尽今宵一醉，醒来却对疏笺。

浪淘沙令 · 次韵戏梦桥

残夜闭空庭，明灭昏灯。重屏隐有玉钗横。红袖轻摇金雀扇，笑语盈盈。　　　更漏梦贪程，惆怅难平。露深持盏待重盟。翻遍聊斋无处觅，湿透秋英。

王嘉惠的诗

　　王嘉惠，字希敏，湖北武汉人，1999年10月生。武汉大学国学班2017级本科生。敬爱灵均，十三岁时能诵楚辞。酷爱文史，湖北省博志愿者，课余游学全国各大博物馆。诗爱少陵长吉义山，词爱白石梦窗鹿潭。

所思

所思无可住，暗夜生重羽。
恍惚立华灯，孤明焚疾雨。

溪行

积润出迷津，闲行且伴春。
深怜溪上月，如我镜中身。

十七自示

年来懒倦饱书蟫，狂简无端已自谙。
莫笑鸣鸠腾数仞，春来尚可说图南。

赠人

片帆东去夜冥冥，寂历遥山滴晓青。
心上天真如皎月，照人终古立长亭。

读长吉诗

清露空枝看未真。芳华萎绝覆黄尘。
灯前忽诵无情句，薄暮轻寒入此身。

注：无情句，长吉《昌谷北园新笋四首》（其二）"无情有恨何人见，露压烟啼千万枝"。

夜归

巷陌喧风漾暮城，重楼光影浸秋声。
遥看永夜中天上，一点孤星向月明。

夜坐

暮霭凝云万里生，清寒砭骨镂愁成。
中宵久醒思前事，恍立流虹听雨声。

问梅

无限凄凉雪后灰，虬枝乍裂晓风摧。
缟衣莫去凭传语，何处中州少病梅？

暮归遇雨

一脉沉霾逐雨收。乱云合处倚高楼。
冷光暝色交残萼，错认芳春作暮秋。

常州

风定夜阑秋气遥，卧听帘外雨潇潇。
梦魂远向常州路，惆怅如君立市桥。

写怀

其一

檐下悄凝伫，楼危浮暮棱。
飘摇双鬓影，零乱万家灯。
夜雨连衰草，严霜暗碧藤。
荣枯纷过眼，神血化春冰。

其二

拥楫出前汀，舟行桂棹青。
临流瞻远路，探手碎天星。
疏影沉秋水，飞光度杳冥。
徘徊何处住，心事一飘萍。

咏玛瑙串珠

殷血凝皓腕，缠结相思子。
淬历千劫生，一粒一心史。

过龙门石窟

龙门起断烟，伊水浪粼粼。
拨剌鸣宽谷，晨霭腻衣巾。
履险俯危崖，陟幽临水滨。
众龛卧碧影，枯眼窥行人。
旅葵壁间生，秀骨壁间湮。
端坐看华鬓，君我各悲辛。
诸象盈斗室，诸天持转轮。
万劫煎万世，千叶逐千春。
微躯春卜土，宝相风前尘。
或为远行客，来归寂灭身。

生查子

　　轻雪瞬时消，初日听幽咽。红萼动微铃，清怨风敲彻。　　石
径冷香浮，触手空无物。枝上孟春归，花下焚枯骨。

减字木兰花

门前新柳，对我阑干垂素手。柏绿帘青，一晕晴光入眼明。
连天风絮，故敛心魂栖院宇。倦网吞身，岁序无端又至春。

采桑子

檐前风动朱帘皱，独坐听春。疏雨伤春。点滴盈窗似泪痕。
浓云晕湿长天色，怕见黄昏。又近黄昏。向晚残钟不忍闻。

浣溪沙

梦醒无端觉晓寒。疏灯涩月断栏杆。隔花心事上眉弯。　　自
笑无情焚锦字，君行有迹渡江关。人前心怯问平安。

卜算子

独立接秋声，疏影长街我。高卧寒光彻暮天，落照中庭锁。
澹绿裂为尘，灰末焚于火。枝上三千碎骨惊，一瞬随风堕。

菩萨蛮

雁丘歌破天光白。猿吟乍起凝弦泣。四壁射余音。声声凄断心。

音徽销几度。妄誓何由聚。晓月咽心期。风低花染衣。

南歌子

桥尾飞星子，楼头漾素晖。枯枝抱月冻枝垂。长送一庭风冷透罗帷。　　园闭跫音杳，帘开客迹稀。檐声滴断梦支离。起对灯明镜暗理残棋。

鹧鸪天·列车中作

摇曳车铃碎梦痕。盈眸明暗乱纷纷。空光欲裂天边月，颤影微凝窗际身。　　暝色合，莽原分。疾如露电幻耶真。风烟速泯归时路，长夜千灯葬我魂。

鹧鸪天·病中作，用蒙瓴斋《鹧鸪天·犹怯春寒已仲春》韵

坐看胶冰待孟春。微波不动锁苔痕。枝头璎珞严妆静，池面弹棋乱局陈。　　溪上月，镜中身。支离憔悴敛寒温。霜凄深竹吞幽径，归卧空山独掩门。

鹧鸪天

门外嚣尘渐次平。长干旧梦转分明。盈盈细语藏微忆，黯黯空街送晚灯。　　心下事，望中冰。浅情经岁竟无情。横塘水涸行人尽，草蔓离披柏叶轻。

定风波·衍"沉舟侧畔千帆过"

回濑湍流起骇波。飘摇无定认归蓑。忽有天风携雨坠。敲碎。销沉渊底竟如何。　　朽骨澄泥迎白晓。枯槁。灵旗伫久淡哀歌。冷看温阳浮血色。吹彻。千帆正待覆长河。

风入松·听《乱红》

冷红长似梦中窥。迸落音徽。流波载去江南岸，渐销尽、回飏芳姿。照影团团惊散，煎心寸寸犹痴。　　重来春暮坐烟霏。遗响凭谁。余魂浅出鱼龙境，向空碧、飞堕翚眉。眉态偏藏前事，朱弦恰衍今非。

跋

　　此本"珞珈诗派"古体诗集，远不足以反映从珞珈山上走出来的古体诗写作者的全貌。由于征稿时间仓促，再加上主编的精力与经验不足，未能充分地展示珞珈诗派古体诗写作群体的风貌，只能算是珞珈诗派庞大的古体诗写作群体冰山的一角。

　　此集之所以称为古体诗，而不称为格律诗，是因为其中很多诗作不合乎律诗与绝句的格律、平仄等要求，但其中很多五言、七言、古风形式可以算作古体诗。

　　此集仅收录了三位老一辈学者的古体诗词，以示珞珈诗派的古体诗渊源有自。实际上，老一辈古体诗词的成就，及其作品之丰富，绝非仅此三位大家，我们今后将花大力气来搜集、编辑老一辈的古体诗，以便出版多部头的珞珈诗派的古体诗集。

　　除三位老一辈学者的作品之外，本诗集不同作者的作品收录多少不等，主要原因是出于对作品艺术性的考虑。即使收录最多的作者，也没有违背当初每位"三百行"的征稿要求，因为古体诗是两句为一行。诗作者的排序是以年龄大小为依据的。

　　非常值得庆幸的是，青年诗人的古体诗，尤其是格律诗的成就很高，从一个侧面反映了传统诗歌艺术形式后继有人的可喜局面，也从一个侧面体现了武汉大学深厚的人文底蕴。

　　在格律方面，特别是词的格律方面的把关，多赖新才教授。在编辑的过程中，一些烦琐的事务性工作，主要由我的博士生张业康君完成。在此一并表示真诚的感谢。

　　如若集中有一些体例不当或其他不当之处，由我个人来负责。

吴根友

2017 年 9 月 19 日于珞珈山麓